U0153252

凝煉知識品味閱讀

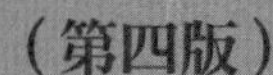

一步步的教你如何寫，讓論文輕鬆過關

撰寫論文的第一本書

HOW TO WRITE A THESIS

周春塘——著

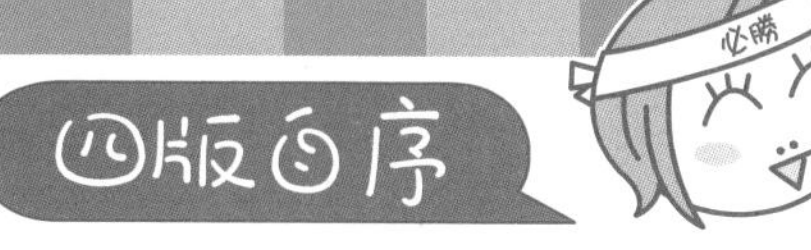

四版自序

今年春節，一位愛好《易經》的鄰居朋友要我為她寫一幅春聯，指定要有《易經》的趣味。我幾乎不假思索，寫了下面十六個大字：

龍有傳人，鳳鳴盛世；
坤厚載物，利涉大川！

她看完後，吃了一驚，對我說：「我不知道你是小英的擁護者！」

我很好奇她怎會有這個印象。我的聯語，是對女性和坤德的推崇，也是在三陽開泰的好日子裡，對我們文化和教育事業日趨繁榮的寄望。我一生不曾參與任何政治活動；我最大的關懷，莫過於教育和文化。我的熱忱，來自感恩：家庭教育給了我溫暖，學校教育讓我打開了眼睛。沒有這些辛苦的栽培，我不會有今天的幸福和自信。這便是十年前我在本書初版序言中所說「獨立自主」的力量，和「頂天立地」的氣概。十年來，這個念頭不僅不曾動搖，而且愈來愈可貴了。

世界變了，臺灣也變了。十年前我們的教育部還在猛設研究所，現在他們關閉研究所；十年前職場重視學位，現在他們不把學位當一回事。十年前機器人不過是些傻瓜玩具，現在機器人玩真的了，並且跟我們搶飯碗。在人工智慧的攻勢中，人性，應該說人文思想的修養吧，變成了成功必具的條件。社會從來便複雜而多元，「萬般皆下品，惟有讀書高」的時代，早已過去。然而特殊的時代，需要特殊的智慧，和不可缺少的人性的運用。

「讀書讀書，不讀會輸？」問得好！這是新時代的新問題。在科技高度發達的今天，讀書有用嗎？。誰的學問比機器人更好？人和機器人該怎樣共處，又該怎樣勝過「它們」？我的答案，都放在本書新增第九到第十二章裡了。Cheer up！今天的青年，絕非失落的一代，而且比過去的一代幸運多了。你們不再一窩蜂拚學位，被迫寫論文。高中畢業後，你們不問上哪一所大學，而問要不要繼續讀書。一旦你決心上大學，甚至上研究所，恭喜你！你大約看見了自己的未來，準備打造一個趕得上時代的自己。這時你才需要打開本書第一章，借重知識的力量，完成論文的寫作。研究生不必是個了不起的學問家，但至少要具備人的尊嚴，不能像過去一樣，是被迫上陣的傻瓜。研究所愈少，你的責任愈重大。社會的菁英不就這樣誕生的嗎？唯有「向前看」，而不是向「錢」看，才能帶你進入富庶的明天!

「坤厚載物，利涉大川」，是個人成就的象徵；「龍有傳人，鳳鳴盛世」，是國家興旺、民族復興的先兆。

祝福我們的時代！

祝福我們的國家！

祝福我們前途無量的新青年！

周春塘

2016年6月敬序於新店花園新城

自序

『兵貴勝，不貴久。』——《孫子兵法．作戰篇》

撰寫論文，不一定要花費許多的時間。如果我們能每天認真投入三、四個小時，每週五天，一年下來，也有800到1000小時的時間，寫一部三萬字以內的論文，應該綽綽有餘了。超過這個數字，便有浪費的可能。這總比一年之內，半年花在空咬筆桿，胡思亂想上，要好多了。「兵貴勝，不貴久」，戰爭只是工具，不是目的；耗時愈短，價值愈高。不能等到兵疲馬憊，彈盡援絕，才草草收兵。那時縱然戰勝，又有什麼歡樂可言！

用兵有賴資源和時間的控制。本書除了給你提供這些寶貴的資訊和方法，以及論文與你個人之間的微妙的關係，還提醒你寫作成功最大的保障，不在外界的條件，而在個人內在的自信。沒有自信，一個人不會有獨立自主的能力，他的行動，包括論文的寫作，不會找到應有的意義和價值。沒有自信，一個人不會有頂天立地，不偏不倚的氣慨，能在必要時直抒胸臆，甚至袒裼裸裎，在所不惜。自信是生命的瑰寶，它讓我們的生活和工作得到合理的調和；在論文的寫作中，它讓我們感受到一言一動的尊貴，並遠離了一切抄襲或者敷衍塞責的誘惑。這種工作的態度，實是快樂和創造的泉源，個人精神上的財富，不是金錢可以換取的。

本書用最簡單的語言，最人性的方式，介紹寫作和讀書，在這風雨飄搖的大時代中，應是一件微不足道的小事。不過一旦能被廣泛的接受和執行，其效應也會驚人的，希望能獲得讀者的歡迎。論文的寫作，說穿了，其實也就是生活的一部分，它幫助我們思想，也使我們更懂得生活。別忘了，在教育的世界中，我們是永遠的贏家。

今年暑假，回到闊別十年的美國。再度目睹美國人不分男女老幼認真讀書的優良風俗，我有很大的感慨。他們的社會，一如我們，也在風雨飄搖中掙扎，但他們對知識的尊重卻從未動搖。他們把知識視為人類的遺產和希望，有如陽光和上帝，不敢輕慢。這種全民普及的信心，給社會無比的穩定力，讓人感覺到身心的安穩，令人羨慕。但願我們的國民，尤其是我們的青年，也能有如此的共識和信心。「國家興亡，匹夫有責」，在知識的大前提下，我們不正應當擔負起這種責無旁貸、人人都能盡到的天職嗎？

周春塘

劍橋 哈佛燕京圖書館

2007年2月

寫在卷首的話

數據會說話。

根據教育部94.12.06的統計，2005年臺灣162所公私立大學院校內，計有大學生938,685人，碩士生149,741人，博士生27,531人，對擁有二千三百萬人口的臺灣來說，這些數字足以傲視任何一個國家的高等教育而無愧色。但根據《Career》雜誌2005年10月（第354期）的調查，從1995到2004的十年間，臺灣碩士班從656所增加為2,416所，而碩士生也從33,200人，躍增為180,376人（含在職班44,384人）。

這種碩士班爆炸性的成長，把早年足以令人眼紅的學士文憑排擠在碩士文憑之後，雖然只是職場競爭的結果，卻大大改變了臺灣高等教育的面貌。《Career》雜誌把這種現象稱之為「研究所熱」，從一方面看，它說明了職場專業需求的提升，而另一方面，則顯示臺灣教育水準普遍的降低。這正是近年來有心人士對臺灣教育感到惶恐和焦慮的地方。

「大學高中化，研究所大學化」的事實，從教育部長的口中已得到證實，不再是聳人聽聞的猜測，但如何檢討和因應，正是當局刻不容緩的要務。我們官方有勘察和接受現實的勇氣，值得讚美；然而用數字般的冷靜，和無動於衷的言語，來描繪一個尚待努力的局面，難免會戕害未來教育的生機，恐怕不是政府應有的態度。「研究所大學化」的時代來臨，假若真如《Career》雜誌所說，是由於碩士量產和教育品質粗製濫造的結果，它應是給教育界人士亮起的一盞紅燈，而不是催促歷史學家蓋棺論定，把它寫入歷史的訊號。

振興教育有許多方法，過去十年來臺灣當局誤以為增加研究所便是提倡研究，結果適得其反。研究需要雄厚的人力、物力和國家社會無怨無悔的支援，不能計日收成，沒有捷徑可循。美國哈佛大學，MIT躍登世界第一流研究型的大學，不是一日造成的。這個簡單的事實，不到自己百般受挫，不會明白。今天政府有意推動五年五百億的計劃，培養少數大學做研究的工作，而讓其他的大學從事教學品質的改善，守住臺灣教育最後的競爭力，確是一個明智的選擇。

說到教學的品質，我們回到了教育的原點。沒有「學不懨、教不倦」的教學精神，和「言必信，行必果」的個人修養，教育只是空談。東吳大學校長劉兆玄率先提出強化教學的口號，而且以第一流「教學型大學」自許，應是扭轉當前教育頹勢的的先聲，值得重視。大學教育的精英化，精英教育的卓越化，其實是追求至善的兩個管道，然而只有認識它們的本末先後，才算抓住了復興教育的牛耳。

在原則上，博士是碩士的提升，而碩士是學士的提升，這裡學位的提升，其關鍵無疑是知識。然而知識的多寡卻不能界定學位的高下。沒有方法和思維的訓練，知識只是徒然，甚至可能誤導，高等教育的重要便在於此，不可等閒視之，更不宜以「大眾化」三個看似民主的大字，放鬆了教育品質的管理。方法和思維是每個高等教育必備的條件，否則便不是高等教育。至於在學習的層面上，學生接受的程度，則是個人的選擇，不必有官方的介入，以維護高等教育的自由和民主的精神。

無可諱言的，研究所和大學教育的根本差異，不在知識的灌輸，而在方法的講求，和思想的明辨。研究所的課程，包含畢業論文在內，無不以達成這些目標為依歸，尤其是畢業論文，它突顯了方法和思維的重要，並要求學生以個人創造的形式，把它們有系統的呈現在自己選擇的問題架構中。這種知識的運用和掌握，對一個現代青年學者而言，具有莫大的意義。一個經過論文訓練的研究生，無論在氣勢，風度和自信上，都會有截然與眾不同的表現。

然而今天一般人對於論文的看法卻有了大大的改變。「研究所熱」雖然也影響了它的形象，多年來由於抄襲問題沒有得到有效的遏止，論文的價值早在若有若無之間，而今天網路上「代客撰寫論文」的廣告，更可以在一夕之間摧毀研究所的尊嚴。教育當局對此看似束手無策，只有再度讓步。在談及碩士畢業論文時，高教司司長陳德華先生坦承它「只是形式，沒有太多實質的意義」，並且認為它「不過是訓練過程的產物，不用看的那麼嚴重，」頗有放棄論文作為解決問題的打算。論文之徒具形式而沒有實質的意義，正是教育粗製濫造的鐵證，值得深入檢討，把它倒果為因，任意低貶，變成加罪論文的理由，確是難以置信、匪夷所思。

我們的政府既然有提倡優質教學的計劃，任何一種作為，如果真有達成任務的可能，應當盡心栽培，不能因噎廢食，盡棄前功。一般說來，教育型大學的畢業論文，與研究型的論文確有不同。前者可以在一至三年內寫成一篇頗具份量的著作，而後者假如沒有較長時期的醞釀和多方面的合作，恐怕真的會「沒有太多實質的意義」，而被有識之士所竊笑。牛頓萬有引力的定律花了十九年的時間，並與歐洲大陸多方面的學者交換意見，才告完成，足以說明這中間的差別。我們既以教學為重，而在教學中對前人成就的整理，包括思維、理解，和批判，都是絕不可少的項目。把它們用自己的語言，重新詮釋，使之合時合宜，富有，創見實已遠遠超越了「訓練過程的產物」，成為新時代的新生命，值得愛護和尊重，絕不能把它予以矮化。

好在臺灣的教育，並沒有封閉式的毛病，它種種的規格，包含學位的授與和論文的去留，都有待國際接軌的認證，不是自己朝夕之間可以論定的。按照目前情況而言，論文的爭議多是人為的因素，無損其優質教學的功能。至於它的未來，教育當局很難貿然給它一個莫需有的罪名而予以廢除。我猜想最大的可能是把它由必修改為選修，讓有心學習的青年繼續擁有一片創造的天地，並與古今中外的學者共享一種世界性的學術自由。

本書定名為《撰寫論文的第一本書》，在這個大時代的小轉變中提出來，堪稱意味深長。首先，它相信論文在短期內不會消失，因此呼籲社會繼續給予適當的尊重，不要因為一些不肖之徒的作為而放棄了「止於至善」的追求；其次，即使有一天論文不再是畢業的必要條件，我們仍然不能忘記最優質的教學和最尖峰的研究，其實都來自自己的努力，有方法，有次序，不必欺騙，更不需找人「代勞」。

理想最怕流為口號。近年來「追求卓越」的運動，和「評鑑機制」的建立，雖然深得學界的擁護，然而很少人說得清楚什麼是他責無旁貸的第一步。「優質教育」目前無疑是教育界的一大福音。簡單來說，它不過就是孔子「學不懨、教不倦」精神的再現，它是一種只要師生攜手合作，便能落實無間的原則，無需政策的變更，或者政府經費的支援。在這一系列的活動裡，畢業論文的撰寫，有學生的執筆，和師長的參與，最能象徵此一工作神聖的意義，而使優質教育在實施的層面上產生了重大的效應。

古人云：「國家興亡，匹夫有責」。把國家二字改為教育，其意味是同等的深長。這種以小我的精神完成大我的使命，不是口號，而是實踐；不是一人的實踐，而是全民的實踐。在儒家的教育世界裡，這種「雄心壯志」不是厚顏的誇張，而是對生命熱愛的表現。它不是理論的說服，而是匹夫匹婦情不自禁的喜悅。唯有這樣啓動的教育，才是我們的理想。唯有發自內心的感動，我們的行為才有實質的意義，不致流於空洞的口號。

當五南主編黃惠娟女士跟我談到論文的寫作時，她曾善意提醒我目前論文所處的困境：除了普遍的抄襲歪風外，還有代書的危機。不過從她給我推薦作為參考的書籍中，我已看見了一線曙光。這些不下十餘種美國最新出版的專書，沒有一位作者曾經被時代的惡習所動搖。他們以學者和教育家的耐性，一心不亂的為讀者解說什麼是學術的研究和論文的寫作，而把一些非法的行為，交付給執法的單位，或者自己的良心。這種宗教式的實事求是的精神，正是美國至今猶居世界領導地位的理由之一。他們的作為，很有孟子「自反而不縮，雖千萬人，吾往矣！」的明快，令我十分感動。我虔誠的希望我們的國人也有這種信心，不要因為一些風吹草動，便失去理智，亂成一團。論文既然存在，便得盡己所能，努力耕耘，不要辜負了自己一段美好的時光。

從學術和實施生活來看，論文絕不是空洞的形式。假如你對它有點真心的關懷，它將成為你生命中一件極有價值的探索的工具，和片刻不離身的思維的方法。我們在寫作中學習生活，在生活中深入思想。前有先賢的指引，後有師長的扶植，當論文完成的那一天，我們不僅完成了一段教育的旅程，我們還多少目睹了一點學術的莊嚴，擷取了一些生命的精華，讓我們終身受用不盡，這難道不也是教育的一種收穫嗎？

contents
目錄

Chapter 1 什麼是博、碩士論文？

- 論文的目的
- 論文的讀者
- 論文的特性
- 一些專業倫理的問題
- 博、碩士論文之間的差異

什麼是博、碩士論文？

當你手中握著這本小書時，無論它是買來的，借來的，還是站在書店展示檯前隨手「翻翻」的，我知道，你已在學業中跨入了一個極爲重要的新階段——當別人還在手忙腳亂，不知所措時，你，作爲一個大學裡的研究生，已在策劃下一個步驟：畢業論文。別的人之所以不知所措，原因很多，但確有不少人由於對論文缺乏正確而有系統的認識，對自己缺乏自信，因此在遲疑的十字路口，躊躇不前。本書的目的，便在爲你提供一個可靠而又溫馨的指南，不僅讓你清楚知道什麼是論文，什麼是論文與你個人之間的關係，以及有關論文的裏裏外外，包含現實和神話，使你在知己知彼，不亢不卑的心情中，如期完成你的論文。

一般學生對畢業論文最易犯的錯誤，是把它想得太大、太高、太難，擔心自己不能從容應戰；再不然，便是雄心勃勃，想寫一篇石破天驚的好論文，一顯身手。這兩種心態，都會增加你「出兵」前無謂的恐懼，遲遲不敢採取行動。要想擺脫這種畏懼感，最有效的辦法，便是從現實著手，客觀地認識你即將面臨有關論文的種種問題。你並不需要做太多臥薪嚐膽的準備。有人咬緊牙關，打算投入三至五年的時間，那種猛勇、不畏難的精神，値得敬佩，然而卻是一種估價上的錯誤。你只要有計劃，提起筆來，write first，爭分奪秒，六個月到一年之內，便能完成你必勝的論文。爲什麼必勝？因爲你非勝不可，否則現在也不必登場。這是你生命中非常重要的一個關鍵，不容許你做失敗的打算。你若計劃周詳，時間掌握得當，你不但不會失敗，你還應該有輕鬆愉快的成就感，造就你一生中最美麗的回憶和驕傲。

那麼什麼是畢業論文呢？

與一切寫作一樣，論文有它特殊的目的和明確的讀者，還有它自己一套不容混淆的特性，包括語言和規格。下面我將就這三點，分別加以說明。至於博士和碩士論文之間有沒有差異的問題，和它們的差異何在，我將在本章結束時，做一個簡單的介紹。

■ 論文的目的

論文的目的，可以從三個不同的角度來觀察：學校的，個人的，和學術的。

學校	個人	學術
確保畢業生在專業的領域內有足夠的認識，同時象徵性地維繫大學裡數百年歷史的古老傳統。	為了學術，或為了興趣，或為了享受寫作的樂趣。	傳遞研究成果，讓學術界、社會大眾了解撰寫者對某一問題的認識及展望。

學校要求論文，理由很簡單：用以確保畢業生在他們各自專業的領域內有足夠深入的認識，同時象徵性地維繫了大學裡

已有數百年歷史的古老傳統。在西方中古世紀的大學中，論文（dissertation）已經開始存在，它的通過，相當於今天的博士學位。它是每一位有志於教育和神職工作者必經之途。今天的論文，則被視爲學位候選人有否能力研究和寫作的測試；大學重視知識的衍生和傳遞，論文便順理成章地成爲此一任務最好的完成者。大學可以是培養天才的溫床，然而它並不要求人人都是天才。大學裡知識的分工極爲細膩；每人在自己選擇的領域中，殫思竭慮，推陳出新，便是個人最大的成就，也是大學教育最高的盼望。大學的品質，並不全依賴師資或者經費。學生出類拔萃的表現，常會勝過其他一切的因素，躍登爲教育事業中最耀眼的象徵，這也是爲什麼英國的牛津、劍橋，美國的哈佛、加大，成爲世界上第一流大學的主要原因。今天的研究所，與古代一樣，並不只要求一份畢業論文而已。個人寫作的能力，加上平日進修的表現，以及論文寫成後口頭的測驗，都是學校對學生多方面資格審查的管道。

至於個人的目的，當然是因人而異。有人爲了學術，有人爲了興趣，有人喜歡享受寫作中創造的快樂。但不管什麼理由，最基本的願望之中，一定也會包含學位的獲取。這是一個極爲現實的話題，只要不把它看成一樁令人厭煩的重擔就好了。美國的大學生常有人鄙夷地把畢業論文叫做「工會入會費」。臺灣教育界也有人認爲論文徒具形式，沒有太多實質的意義，不必太過重視。爲了讓自己超越這種狹小的胸襟，你不妨視論文爲學習的一條重要門徑。在你寫作的過程中，你會快速地發現自己和更大的世界。寫作是探索的工具，也是思維的方法。在知識中沉潛、玩味，把知識加以整理、運用，爲知識尋找傳遞的新方法，和它在新時代中的新意義，是每個學者應盡的責任，它給個人和社會的報償，也絕非學位、金錢所能算計。假如你對論文有正面的期盼，希望自己能爲學術做出一點貢獻，這樣的存念，會使你的論文大爲生色。雖然在每年成千上萬的畢業論文中，罕見有「石破天驚」的偉構，一篇踏實的好論文，確能爲知識增添財富，不要小看了自己的努力。即使你研究的題目已有千百人在你之前做過，你的用心，仍然不會白費。你會用自己獨特的感受，告訴未來的學者，在這個議題中，還有千百種未經發掘的祕密，或者這一問題目前雖然看似解決，此中還大有值得推敲和重新評價的空間。這種經驗的分享，也堪稱爲學術上的一種貢獻。

作爲一種學術資訊的存在，你的論文有一個清楚又簡單的目的：它傳遞你研究的成果，讓學術界、社會大眾，知道你對某一問題的認識和展望：你沒有企圖說服誰，也無意討誰的喜歡，更不想在其中暗藏私人的恩怨，或者聲東擊西，借題發揮。這種背離學術的立場，混淆主、客觀事實的行爲，實是學術自由的濫用，必須徹底杜絕，以維護學者的尊嚴。既然如此，論文最重要的品質，當然便是科學式的「說清楚，講明白」，而不是毫無約束的逞自己的才華，或者令人生厭的嘮叨。

這三種不同的目的——學校、個人，和學術——在你的論文中交替影響，構成了與其他一切寫作都不相同的文體。

■論文的讀者

然而誰是你的讀者呢？

你的讀者很多，你自己便是其中之一，而且恐怕是最嚴肅、最認眞的一位：你要求盡善盡美，你要求高度的滿意，當裝訂完成的一冊厚厚的論文放在你手中時，你可能會驕傲地掉下淚來。

其次是你的導師。事實上，他是你論文寫作過程中的參與者，你每一章節完成的初稿，都會請他過目，他也會提供給你批評和修改的意見。對於他的評語，你必須認眞面對，以減少二稿、三稿時的麻煩，有任何你不同意的地方，千萬及早提出，並立即謀求解決。你的論文有他的參與，會有較好的表現，也可能會在口試委員手中遭遇到較少的阻力。如果你與導師相處得當，他也會供給你許多寶貴的意見，爲你的論文增添深度和價值。

口試委員是你讀者中最重要的一群了。他們少則三人，多則九人，聲勢相當浩大。所幸你應當早已認識他們，也多少知道一點他們各自專有的特長和怪癖。當別人只是草草翻閱你的論文時，他們會聚精會神，拿出放大鏡，吹毛求疵。他們是你最需提高警覺的讀者。他們如果對你的論文有高度的不滿，你畢業的時間會大受影響。他們不會故意與你刁難。然而你必需愼防他們之間因學術見解的不同，相互攻伐，而禍及於你的可能。這點至關重要，我會在第三章中再度論及。

除了他們，你的讀者還應包含你學校裡對你關心的老師、同學，圖書館裡準備收藏你論文的有關人員。你寫作的水平和格式，因此必須符合學校和教育部的要求，這些全校性和教育界的

要求自有其傳統，即使你感覺不近情理，最好沉默的接受：這裡不是你發表意見的地方。

最後，你的讀者必不會少的，是你的同行業者，或者與你有同好的朋友。今天的大學多會建議你把論文授權給相關的網站，以廣流傳。它無疑會被後來的研究生和一般的讀者閱讀、引用，甚至批評。

古代嵩山少林寺的學員，如果自認學已有成，準備出山，他的師父會令全體弟子，從大殿前到山門口，一字排開，與他交鋒，試圖阻擋。只有能順利通過這些測試的人，才能在山門外，向門內的師父和師兄弟，遙相一拜，轉身而去，自奔前程。這便叫作「打出山門」。今天博、碩士論文的意義，便是你怎樣「打出山門」的一番表現。

■論文的特性

由於特定的目的和讀者的因素，畢業論文造成了它獨一無二的特性。它不是你期末報告的擴充版，不是你學業成就的興衰史，不是你個人生命體驗的記錄，也不是你品評天下的工具。它是一部言之有物，主觀和客觀兼備的研究成果，有理論，有證據，能守成，也能創新，它是你爲學術界增添的一份全新的財富。

雖然不同的大學，不同的系所，可能會對論文有不同的要求，根據實際的經驗，我們也不難從中發現一些普遍的原則。

1. 論文的篇幅

有關於論文的篇幅，它應當長於一篇心得報告，而短於一本書。一般說來，它的平均長度大約在12,000字到30,0000字之間。當然，這只是一般的說法，實際的情況，會有很大的出入。以領域論，自然科學較短，社會科學較長；以方法論，人類文化的調查較長，科學實驗較短。那麼有沒有一個可以一言以蔽之的標準呢？有的：你的論文應當夠長，把你該說的話都說盡；但不要太長，把你的口試委員惹毛了！

2. 論文要有學術的嚴謹

基本上，你的論文很可能立足或借鑑於前人的成果之上，作為一個學術界的後進，你有義務熟習這些先進人士的文獻，並能正確地廣徵博引。在論說中你當然也還會有個人的意見，這時你必須有明確的證據和支持，不能有一絲一毫的含糊。一個新聞記者可以說：「最近消費者，看來信心滿滿。」學術的語言則是：「根據最新的調查，消費者對今年市場的信心，較去年升高了5%。」這不僅只是語言上的嚴謹；它是以事實取代意見的一個重要的方式，也是學術論文與一般論文絕不相同的地方。

3. 論文要有學者的風度

學術的嚴謹，有時難免會造成語言的僵硬，這當然不是學者最好的示範。一個好的學者重視客觀的知識，也未嘗不可採用他主觀的立場，甚至幽默，使他的文章生動有力，打破傳統枯燥乏味的印象。即使不如此，他至少不能故弄玄虛，詰屈聱牙，讓人看不懂，猜不透。他的論文不是一篇隨性的小品文。供人怡情悅性；不是一篇報紙的社論，讓你痛譴是非。它出於一個學有素養的學者之手，它給你可靠的資訊，合理的推論，並爲你打開一個合乎時宜的全新的視野。

4. 論文的格式和體例

最後，有關格式和體例的問題，大約是論文中較爲簡單的一項。今天市面上多數的論文指南，在此花費不少篇幅，其實沒有太大必要。在國內，論文的格式相當保守，許多年來，都沒有多少改變。除非你的學校或系所有特殊的交待，一般都依循一個歷久不衰的格式進行，成爲現代大學中的「新八股」。這種蕭規曹隨的方式，有一個絕大的好處，你不必爲它操太多的心，一切以合乎標準爲度。事實上，論文價值的高低，很少從形式上論斷。這種整齊的格式，中外都十分相似，它的排序不外乎：緒論、前人成果概況、研究方法、主文、結論，最後以參考書目作結。有些論文包含圖片、統計表格、術語字彙等等，則都放在附錄之中。至於學校個別的要求，研究生寫作前最好詳細查明，並嚴格遵守，避免日後不必要的麻煩。有關這一點，我會在第八章中詳細說明。

■ 一些專業倫理的問題

在今天現實的社會中，各行各業都有嚴肅的專業倫理標準，畢業論文也不例外。首先，作爲一個論文的作者，你必須思考你研究的內容和寫作的立場有否違反倫理道德的原則。爲了取得個人內心的平安，避免法律上可能的糾紛，下面幾個要點宜牢記在心：

公平性 ⊳

你的論文有沒有射影或支持對年齡、性別、種族、國籍、社會階級、性生活的取向，以及殘障人士的偏見？

誠實性 ⊳

你論文的內容是不是絕對開誠佈公？行文中若有隱匿對方姓名、事跡的必要時，你需在文字中加以說明，並宜在事先或第一時間內，告知當事人。

合情性 ⊳

你的論文有沒有牽涉到某些個別私人的問題？你的言論會不會造成他們在情緒上或人身上的傷害？

原創性 ⊳

畢業論文是你學術成就的表現，它應當是你個人智慧的結晶，不容許有抄襲的行爲。任何借鑑或引用他人的文字，必需詳加註釋，劃分彼我，不可能將他人的智慧財產，佔爲己有。

論文的寫作雖然是你個人的成就，卻不可能是你獨力所能完成的。換句話說，在你成就的後面，一定有許多無形的助手。當你論文完成時，你有必要向他們一一申謝。這些謝意的表達，並沒有固定的標準，但「誠懇」二字大約是最好的政策。論文中假如有些觀念不是你的，千萬不要據爲己有；別人給了你任何有用的建議，千萬指出他們的功勞；一個你從別處得來的念頭，千萬把這念頭的出處翔實記錄下來，以示無意掠美。學術界嚴重的「剽竊問題」（plagiarism），常常是無心發生的，如何預防這些無妄的災害，最好養成一個良好的習慣，每有疑惑，立即查閱原件，把作者，書名，頁碼等等資料，詳細陳列，以杜悠悠之口。關於這一點，關係法律和個人名譽至大，不能不慎。

■ 博、碩士論文之間的差異

以上所言論文的特性，一般說來，適用於博士也適用於碩士。至於他們之間的相異之處，則在研究的深度、方法，和資料的運用。

大多數的碩士論文常以主題性或歷史性的「研究」（research）爲主，不一定有額外指派的任務和學術上所謂的「基準」（modules）問題，這種論文在英美大學裡，常會要求較大的篇幅，數字可能在三萬以上。在臺灣則還未見這種規定。至於博士論文，如果由於約束性和原創性較強，它的篇幅可能相對地減少。這便是爲何有些博士論文的份量會少於碩士論文的原因。

至於有關研究方法和資料的處理，碩士論文通常可以選用一個固定的進路，例如「概覽」（survey）或者「個案」（case study），貫徹全部的論文。它可以對這單一的問題，做定點的問卷和文獻的調查。博士論文則必需考慮在不同的條件下，採用不同的因應；它研究和調查的區域可能不止一個，並作廣泛的觀察，和搜尋跨領域、跨國界的資訊，以便作爲比較、分析、和詮釋的基礎，並期獲得不同時空和社會的意義。如此寫成論文，由於多元的管道，它的篇幅，也會自然地大於碩士論文。

向來在學術界流行的一種看法，以爲博士論文貴在創意，而碩士論文貴在知識的衍生，這話大體上是不錯的，但卻不是絕對可靠。這兩種論文之間相互交叉的地方委實太多了，與其說它們是兩個不同的世界，毋寧說它們是同一世界中兩個不同的層面，其中的共通性和延續性，是不容分割的。每篇論文的價值在它是否達成了預定的目標，以及有沒有突破舊有的藩籬，取得新的視野。在歐美，博士論文向來被稱爲dissertation，而碩士論文被稱爲thesis，顯示他們的不同。這種分野在今天雖然仍舊存在，但混淆的狀況已愈來愈多，說明它們表面上的差異，即將成爲次要的條件。

怎樣做準備工作？

- 從幻想開始
- 怎樣選擇論文題目
- 怎樣做好研究工作
- 論文好歹都是你的
- 「加油！」「加油！」

怎樣做準備工作？

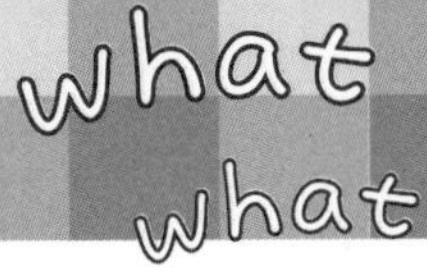

抓緊目標，從一而終！

假如你不討厭讀書，偶而又喜歡寫寫文章，恭喜你！你擁有無數時間和空間的財富，還有數不盡的理由爲什麼不要有一天爲自己有興趣的問題，寫一點有用的東西，同時也換取一點內心的滿足。

假如你猜想我談的是畢業論文，你猜對了！只是用如此浪漫的心情來迎接畢業論文的人，恐怕不多。大多數的準畢業生，不是擔心論文工作太重，會壓跨自己，便是懷疑自己有多少「學術細胞」，可以在數月之間，搖身一變，成爲一個學者。再不然，便是承認：「我不知道該怎樣寫！」你是否是一個學者，或者你要不要做學者，暫時都不是問題。既然畢業在即，你又必需交出一篇有頭有尾的論文，你最好先給自己打一點氣，排除萬難，做點準備。

■ 從幻想開始

怎樣踏出你的第一步呢？別馬上躲進你的書齋，打開筆記本，寫上大大的「第一章 · 第一節」。這不是辦法。最好的辦法，是先試試你的「幻想」，掏空你的心思，上天下地，看看你有些什麼東西可寫。你幻想中的內容一定不止一種，不妨想想在每種可能性之內，你有多少門路可走？你會在其中找到多少支援？多少困擾？你會旗開得勝嗎？還是寸步難行？……幻想你的論文，會幫助你培養靈感，提出疑問，並靈活你思想的筋骨，有如運動前的暖身操。當你面對數種可能性而不知如何選擇時，你事實上已隱約地體驗到一種所謂學者的心態，那便是用合理的思維，權衡輕重，謹慎批判，而一切以學術爲前提，超越了是非成敗的私心。當你逐漸傾向於某一個題目時，你不妨再想想，在這個題目下寫出來的論文，會是甚麼樣子？作爲一個博士或碩士頭銜的招牌，它又會有甚麼樣的現實的意味？

在幻想中，你是自己的主人，沒有任何的約束，這也是一個最好的時刻，讓你浪漫的回顧一下多年來求學的心得或者障礙。求學期間對多數人而言都很開心，偶然碰到的煩惱，常常來自一些你

不喜歡的課程，而那些課程又偏偏是你的「必修」；再不然便是教授指定的一批索然寡味的參考書，讓你一個頭兩個大。生性獨立自主的人，應當會張開雙手來歡迎畢業論文的寫作，因爲在這個領域裡，你決定自己的天地，選擇自己的話題和參考書，讓幻想帶領你雲遊知識的大海，並享受那在幻想中隨處棲息的自由和奢侈。

■怎樣選擇論文題目

告別幻想，回到現實：怎樣才是最佳論文題目的選擇呢？由於論文不是短時間內所可完成，它少則六個月，多則一、二年不等。這種長期的壓力是相當可觀的，有人認了命，不管耗時多少，決心犧牲到底；有人心想，反正拿到學位就好了，忍耐一點吧！不管你所抱的態度怎樣，正面的，還是負面的，你既然已經決定入㱿，總得給論文作個交待，這時論文該怎樣寫，便成了最重要的抉擇。正如一個美好之婚姻需要門當戶對的配偶，論文的題目也是一件絕不能馬虎的大事。好在這件大事全操在你自己的手中，旁人不得干預。如果你的配對果眞是你的眞愛，在未來的一年半載之中，你將是世界上最快樂的幸運兒了。

眞正的愛，會激發你無微不至的關懷。你會爲它翻山越嶺，也會爲它出生入死，打開千年封閉的秘室，尋找聖杯，其中的意義，已不是學問二字所能範圍：它是生命的熱忱，可以廣包天地。在別人眼中，它也許顯得平淡無奇，甚至瑣碎無聊，它在你的眼裡卻是最美的佳人。它能給你愉悅，讓你激發出更多的熱忱，甚至創造一個全新的世界，那便是愛的最高的境界了。

當然，每人對論文的選擇，各有不同的標準。有人爲了愛，有人爲了學術，有人爲了眞理。它們所牽涉到的範圍，可能大到你不能承擔，或者小到你難於相信。爲了確保你的努力不會白費，在這種知識的探索中，最好請示一下你的導師，他一定會憑他的經驗，愉快的爲你指點迷津，節省你許多的精力和時間。從幻想到踏實，到定下心來，抓住一個固定的目標，從一而終，這種過程的本身，便是一個絕好的教育。從中洗鍊過來的人，都知道沒有枉走一趟研究所的曲折而辛苦的道路。

知識的海洋浩瀚無邊，如何找到自己的歸宿，看似神奇，其實都離不開興趣二字。三十多年前中國在河南鄭州附近發現一堆距今5600年的炭化高粱米，這些毫不起眼的「發現」，引起了某些考古學家的興趣，經過他們潛心的研究，證明了高粱源於中國，否定了來自非洲的理論。中國小說，甚爲發達，但大家所重視的，不外《三國》，《紅樓》，若有人提起《鏡花緣》，或者有人會嗤之以鼻。但如此一來，中國最早出現的女權運動的呼聲，便會淹沒而不彰了。多年前我認識一位哈佛大學化學系的美國朋友，他曾來臺灣蒐集煉丹術的資料，撰寫他的博士論文。當時有人覺得他可笑，後來他在美國的化學界和漢學界卻享受了一些不小的名氣。

假若想在學術的天地裡找尋你有興趣的話題，機會實在太多了，除了舊有的話題，你還可以隨意創造推陳出新的話題。只要你充滿求知的欲望，你會如行走在山陰道上，繁花簇錦，應接不暇。

做一份研究工作，有點像滾雪球，不管它結果有多龐大，都是從一個小小的概念開始的。你的論文也是如此。你在大學和研究所裡，一定寫過不少報告，甚至還發表過一些文章，其中一定有些你特別鍾愛。把它們找出來，排列在你的面前，重新作一個評估：它們的成功，是因爲有內容？有方法？有理論？還是你善於做穿插比較的研究？每人都有不同的天分，但這些天分不經過篩節，不會輕易被發現。從這個角度，你可能更容易發現自己特有的才能，而這些小小的「發現」，便可能成爲你論文最原始的雪球。

四〇年代前後的臺灣，那時研究所設置不多，博士班也還未開始，大學裡流行一種老師給學生論文題目的風氣。你若不想為論文題目費心，老師會送你一個，連同大綱和參考書目，讓你馬上展開工作。不過這個時代早成過去，而且它也不是最好的教育示範。學生摸索論文，包括主題、方法、資料的運用，雖然辛苦，卻是求學生涯中受惠最大，啓發最深的一段過程，他們的學業、事業，甚至人格的成長，也多是在這個過程中開其端的。研究生學位的獲取，必須包含論文，是非常富有教育意義的要求。至於大學生的學士論文，在美國尚稱普遍，在臺灣則在逐漸減少中。從我所知的少數幾個例子中，讚美之聲，卻絡繹不絕，而且值得注意的，是這些讚美的聲音，多半來自學生自己，他們一致承認，經過了這番努力，他們第一次感受到知識的力量，和個人意志的重要。博、碩士論文的寫作，用這種心理過程來觀察，其價值更是恒長不可磨滅的。

論文的主題既可無所不包，方法也能千變萬化，至於寫作的體例，除非學校有自己的格式，或者作者刻意求新，大致都已前定，稱之爲大學裡的「新八股文」，並不完全是笑話。（參閱第一章「畢業論文的特質」）這些體例，既已前定，你不妨蕭規曹隨，把這方面的精力節省下來，放在該用心的地方。

從實際觀點來說，論文有一個最直接的目的：希望能被你的指導教授「接受」，故你有絕對的必要，跟他時時做些溝通，而不要把他視爲行政上的累贅。在寫作的過程中，他扮演一個關鍵性的人物。他能打破你大而無當的計劃：（你真的想把馬克思全部的思想，包括美學，都放在論文裡嗎？）幫助你找到問題的焦點：（你認爲孔子晚年的思想，跟他早年的思想都一樣嗎？）還能爲你指出論文的「時尚性」。論文也有「時尚性」嗎？也許有，也許沒有，但他會告訴你：「除非你不考慮畢業後就業的問題。」你大概不可能爲就業的考量而對論文的內容有所取捨，但你若完全不顧「時尚」，你有可能會在職場上遭遇到意外的困難。

但這話也不能一口咬定。在英國文學界，《金銀島》的作者史蒂文生向來被認爲是屬於一個非學術性的作家。多年前一位名叫Robert Kiely的青年決心要寫一篇有關史蒂文生的論文，全系師生聽了，一致搖頭，擔心他學術的前途要葬送了。許多年後，這位Kiely博士在學術界非但毫髮無傷，還登上了哈佛大學英語系著名的講座教授之席，備享尊榮。另外一位青年，卻沒有這般幸運。我在美國求學期間認識的一位博士生，寫了一篇研究中共人民公社的論文，（那是在尼克森訪華之前，中國尚未開放之際），畢業後很久找不到工作，最後聽說他放棄了學術生涯，改行經商去了。這雖然說不上是悲劇，但能避免總是好的。

■怎樣做好研究工作

每種行業都有自己的研究方法。生物學家需要一個實驗室，用來做有機生物的觀察，他們有用眼睛的時候，更多時間則用電子顯微鏡。人類學家走遍天涯，投身於另一文化的天地，用自己的感官、思想、感情作爲工具，再把所得的調查，轉換成可能的假定。歷史學家檢視古老的文獻和器物，在狹窄而陰暗的時光罅縫中，窺測古今的異同。……這些行爲，都是學術的研究，其成果，都會以文字（包括圖表、影像、數據等），作爲傳遞的媒介，公諸於世。對大學裡的研究生而言，畢業論文便是他們所做研究的成果，而文字則是他們傳統表達的形式。

由於各種論文所用的方法不一，研究生的指導教授一定會從旁協助。不過在事實上，論文的寫作，不論主修是什麼，常常都有「受困」的現象，使人進退兩難。我且避開這些有專業指導的方法論不談，只談談學生一般「受困」的狀況，以及可能的脫困之方。

我們通常都有一個傳統的觀念，以爲研究的工作一定是痛苦、無趣的，否則便不是研究。這種錯誤的觀念，與其說是傳統的，不如說是心理的。它廣被全球，無遠弗屆。在臺灣的研究生，同樣會認爲痛苦、無趣，才是研究；太多的歡樂和創意，一定背離了研究的正道。事實上，不惟今天如此，古代的中國已是如此，這是一種古人遺留下來的苦行思想，認爲痛苦會增添成功的機會，臥薪嚐膽，斷虀畫粥，懸樑刺股一類的故事，在中國多不勝舉。這些美談，用之於雪恥圖強，或許有效，用於學術論文的寫作上，則完全扞格不入，近乎玩笑。學術論文的寫作當然要埋頭努力，以至於廢寢忘食，但絕不能因此而忘記了生命的本身和創造的資源。電腦高度發達的今天，資訊俯拾即是，學術的研究當然不再以資訊的蒐集爲滿足。假如一個學者不能把資訊加以整理，詮釋，賦予他們新的社會價值和時代意義，他可說是未盡到學者的責任。今天理想的研究，需要研究者熱情的投入，對研究的對象提出誠摯的質疑，有必要時甚至不惜改變它原有的面貌——或者自己的面貌。學問跟生命，原是一體的，不能分割，沒有距離。這樣與生命和創造相結合的研究，才是有意義和值得讚美的研究。

■論文好歹都是你的

你的論文一旦完成，它將百分之百的隸屬於你。不管是好是壞，它是你的，無人可以過問。你曾它爲旰食宵衣，慘淡經營，它必需被人尊重。它的讀者，不管是十人，還是百人，不一定要對它表示同意，但必需尊敬它。你的導師怎麼說，口試委員怎麼說，朋友怎麼說，都不能改變它眞實的面貌。

你的論文將與你一生爲伴，有如你的骨肉。它不一定是你一生

中最成功的作品，但無疑是你一生中最重要的作品。它曾教導你什麼是學術，怎樣寫學術論文，怎樣發現和塑造自己的形象，它也多少給了你一點學者的風度（即使你不打算一生從事學術工作）。假如你的論文有一個切合你生平旨趣的題目，你更會與它結上一生的不解因緣。你會在未來許多日子中，繼續談論這個話題，它也會在你未來的職場中，擔任你身份、專長和志向的發言人。你自己也會不自覺地，在許多不同的場合中，一再提到你的論文。那是一種很特殊的感覺，因爲論文中的一切，不管好壞都是你親手的創造。

它將與你終生爲伴。

■「加油！」「加油！」

然而在寫作的當下，在四顧無援的此刻，你需要一點鼓勵。

美國的足球賽有職業的啦啦隊，臺灣的籃球賽也有數量可觀的「粉絲」，到場爲球員打氣。這些精神上的支持，眞有點用處。

寫作論文也是一種競技，只是競技的場地，是你寂寞的書房，這時你的啦啦隊，只好由自己充當了。你不需要五彩繽紛的緞帶，你只要準備幾條簡單的「格言」，便綽綽有餘了。在論文快近尾聲時，爲自己喊幾聲「加油！」「加油！」的確有壯聲色。但在論文的初期，在你尚未完全進入情況時，很容易分心。這時你最好勸勸自己，放下萬緣，拿起筆桿，落實書寫。很多美國研究生在他書桌前掛一張「Write First！」的大字條，的確有收心的功效。

畢業論文的寫作，是一個長時期的奮鬥，它不是一氣可以呵成，也不是一次可以定稿的。然而對一個準畢業生來說，最大的夢魘，倒不是這些永無止境的增刪、修補，而是坐在空齋中發呆，眼睜睜看著日子飛逝，而自己筆底紙上，卻一「字」無成。「Write First！」的口號，便在提醒你每天閒事少管，一早起床，便把一切的精力和時間都放在寫作上。你案頭日漸堆高的手稿，才是你脫離苦海的津梁。有人寫作經驗比較豐富，看見「Write First！」的標語，便能立即行動。但若有人遲遲不前，困擾在「寫什麼？怎麼寫？」這一類的問題中時，我將在第四章中，爲這一問題提出解答的方案。

勉勵自己的格言應該簡短有力，即便是陳腔濫調，只要對你有效，便可大大利用。「勤有功，戲無益」、「朝於斯，夕於斯」、「爾小生，宜早思」……這些《三字經》的名言，都可能爲你帶來一點內心的振奮。對於那些鏖戰經年，理想多於行動，而面有倦容的朋友，我建議你抓住《孫子兵法》中的警語，「兵貴勝，不貴久！」掛在你書房或者臥房最醒目的地方，保證會給你許多警惕，促你快馬加鞭，迎上戰場，儘快結束這一場可能沒完沒了的戰爭。

最好的格言，也可以是你自己的杜撰。它能給你策勵、安慰、療傷；它能陪你開個玩笑，讓你聽完之後，放聲大笑。美國學生的寢室裡，這時會出現琳瑯滿目的妙文，令人捧腹：「洗廁所比寫論文更有趣！」「賠本寫作，定是白癡無疑！」在孤軍奮戰的荒野中，這些玩笑話，恐怕是你最佳的伴侶了。

chapter 3

怎樣選擇指導教授和口試委員？

■誰是理想導師？　■誰是「麻煩」導師？

■怎樣決定口試委員

■別染上論文狂妄症

怎樣選擇

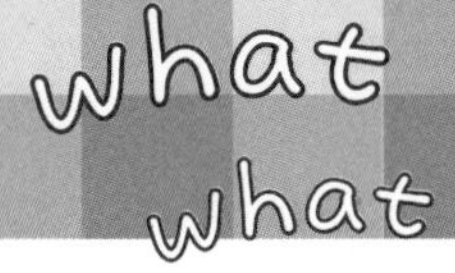

指導教授和口試委員？

論文對大多數學位候選人而言，較費時日的，是題目的選擇，一旦題目已定，其次大約不外乎指導教授的挑選吧？題目的選擇，有時會像大海撈針，讓你很長一段時期感到漫無頭緒。指導教授則沒有那麼辛苦。尤其當你就讀的是一所較小型的學校，系所裡，老師人數不多，你對他們早已有相當的認識，敦請誰來指導，幾乎不是問題。然而無論學校的大小，教授的多寡，有些基本的顧慮，卻有必要存放在心中，作爲必要時的參考。

現在假設你是商學院的學生，有意寫一篇小型企業中市場管理的論文，你大概會想，商學院的老師，當然都懂市場管理，和各種類型的企業，請誰都差不多，因爲那是他們最基本的訓練，正如中國文學系裡的老師，沒有人不懂《紅樓夢》一樣。然而事實卻不然。有的老師精通《紅樓夢》，有的會恨之入骨。你必須一再思考：你研究的重心何在？老師的專長有沒有與你吻合的地方？否則你將在紅塵萬丈中翻滾，到頭來難免白忙一場。在市場管理的範疇中，你的導師一定要是市場學的專家，或者對企業管理有獨特的經驗。如能兼通二者，當然更好。你如想論文的寫作能順利進行，這是具有關鍵性的第一步。

事實上，只要你對自己選定的主題有興趣，對論文的寫作有基本的信心，找到一位恰當的導師，應當不是太難的事。因爲在論文的寫作中，作爲一個研究生，你應當處於主導的地位，尤其是當你論文的題目、內容，方法，甚至方向都是你自己訂定的，指導老師只是在原則上同意你的計劃，願意從旁加以協助；不到緊要關頭，他大約也不會干預你的操作。那麼什麼是你與導師之間的關係呢？下面是幾個你不能不注意的重點。當然，你也不妨借重一下學長和同學的經驗；他們對老師的印象，於你定有參考的價值。

■ 誰是理想導師？

他有空嗎

寫作期間你一定有許多問題想向你的導師請教，他一定要有充分的時間和耐性。如果你很難找到他，或者即使找到了，他只給你二、三分鐘的時間，便匆匆離去，你會滿意嗎？當然老師有他們自己的生活，如果此刻他正在撰書，或者正在申請升等，再不然他即

將開始休假，甚至退休，他不會有太大的可能爲你改變他的生活。這點你必須諒解而設法避免。

他熱心幫忙嗎？

有些老師把你的論文往桌上一扔，一個月不予過目。有些老師一再要求你做無謂的修改，有些則每天給你一個不同的意見，令你無所適從。別找這些老師。另外一些老師也當避免：他們從不認眞閱讀你的論文，他們的標準很低，他們沒有把你訓練成學者的打算。你的論文在他們的手下很容易通過，但你失去了一個學習的好機會。

他對你的論文有興趣嗎？

假如你的導師對你的研究也有與你同樣的興趣，你的研究將會因爲他的熱忱而突飛猛進。一件他喜歡的工作，他一定會多花些時間，陪同你思考。這是任何一個認眞求學的學生所承認最幸運的事情。

他與人的互動良好嗎？

你論文的寫作至少需要數月到一年的時間，在這一段長長的日子中你與導師會有相當頻繁的接觸。假如其他一切條件都算不錯，他也能與你相處融洽，誠意相助，你當引以爲幸。這會使你的寫作順利進行，不致有意外的干擾。

他賞識你嗎？

他會不會在你最需要的時候，在沒有任何敷衍的情況下，給你一點讚揚和鼓勵？這是發自內心的善意，不能強求。假如他能做到這點，能欣賞你，鼓勵你，在你有所欠缺的地方，給你適當的指點，你算找到了最理想的導師。

■ 誰是「麻煩」導師？

論文的指導，雖然不是一件複雜而又緊張的工作，在不很完美的現實中，有時難免會有不如意的撮合，造成一些令人不愉快的場面。不管你事前安排如何周嚴，你還是會有碰上「麻煩」的時候。下面是一些較常見的例子，和可能補救的辦法。

他堅持已見，不同意你的計劃

首先，你宜確定「你的寫作計劃」是你半生學術生涯的結晶，是經過長時間的考驗和多方的思維而成的，不是一時的興起，不是有意唱反調。這時你宜與導師懇切深談，希望得到他的了解。假如他仍然執意不改，堅持走他的路線，這時你最好的辦法，不是跟他爭吵，而是用點「政治」手腕，表面上採用他的意見，私底下卻較爲委婉地貫徹自己的主張。這也算是一種讓步，多數的導師都會接受。假如你的導師頑強如初，絕不讓步，你賸下的步驟，只有「換導師」一途了。當然，這種事態的發生，只容許在寫作的早

期，故你必須快速發現和處理。

他有意與你作對 ⮚

他每有機會，便與你抬槓，你不能招架，也不能反擊。對一位初出茅廬的青年學者，這是件極爲棘手和不公的事。首先你必需冷靜想想，他的態度是眞的事實，還是你的幻想。其次，若是事實，能否借此機會，稍事斡旋，提早懂得一點「學術江湖」上好鬥的陋習，也算是件好事；再者，退一步想，這位名氣頗大，來頭也不小的教授，會不會有一天把你視爲朋友，在學術界裡，對你有所提攜。最後，假如這種事果眞發生在你的身上，十之八九，說明你還頗具才華，引起他對你挑釁的興趣。你應當學習逆來順受的哲學，韜光養晦，勉爲忍耐，好自爲之！

他視你爲不能成器的朽木 ⮚

一個人能否成器，不能由別人決定，只有你自己承認完了，你才是朽木。他的話，你要不要聽，全在個人的選擇，不如稍事忍耐。此時你如果想鞏固自己的地位，最好另闢蹊徑，從別的老師心目中贏得信任，找回自尊。再說，這時想換導師，恐怕也爲時已晚。

他見不到人 ⮚

事實上，許多教授都不喜歡學生芝麻大事就來敲門。這是人之常情，不能怪他們。若電話不通，你宜改用電子郵件，傳眞，或者郵局快遞。假如他人在國外，而你有要事相商，你只好望洋興嘆。如此難見面的導師，他的生活習慣，應該早已如此。從你同學的口中，也該有所聽聞，現在才發現，爲時已晚，只好忍受了。他們有些可能是政府或企業界的顧問，有些是中央研究院院士，這些要員們不會天天坐在學校的辦公室裡，等你上門。當初選導師時，便應該把他們排除，不要被他們的名氣給嚇倒了。

他批評過重，每次與他談話後，你寢食難安

既然你已經寢食難安，不能工作，乾脆給自己放幾天假，休息一會吧！這時你不妨去健身房走走，或者痛快吃喝一頓，慰勞自己。若從好處看，這說不定也有助你的寫作。你在這幾天內，因為激情所致，恐將會寫的更快、更多、更好！它比咖啡更有效。記住：痛快的生活，和痛快的寫作，常是苦難人生中最好的報復！

以上都是些學術界可能發生、但發生機會不大的事件，希望不會降臨在你的身上。但預先知道，做個心理準備，總是好的。你必須記住的，是不管任何事情發生，你仍然全盤掌控著你的學業，你的生活，你的世界。沒有任何人能改變你的現狀。

在實際的操作中，論文指導教授的選擇是平靜而愉快的，教授們也多以指導青年學子的論文為榮，富有愛心與祝福，不會濫用他們的職權。許多師生在這種關係中，變成終生的朋友，甚至事業的伙伴。導師的學術經驗和社會地位，也常常會為學生帶來進修的機會，並且打開事業的前途。

■怎樣決定口試委員

在英美各大學裡，研究生除了需要指導教授外，還需要一個論文審查委員會。這種委員會，美國稱之爲dissertation committee，英國稱之爲supervisory team。臺灣沒有這些稱謂，一律稱之爲「口試委員」。這些委員最重要的工作，不過是論文口試時的把關。這些委員名單的產生和運作，跟指導老師很不相同。他們不僅因國家而異，在同一個國家內，還會因大學而異，因此研究生必需要向校方探詢清楚，以免不必要的誤會。在英國研究所中，組成supervisory team的二至三人，由校方專函聘請，他們可以公推一位召集人，處理考試的程序，並且決定指導教授是否有必要參與口考，以示絕對的公平。美國和臺灣則沒有這般嚴格。我們的口試委員，一如美國，可由學位候選人提出，或者私下邀請。但須要有至少一名校外人士。不過此時若你的導師已經產生，最好請示他的意見，或者請他推薦，希望能借重他的經驗，做較妥善的人事安排。因爲在大學教授群中，有的能融洽相處，有的卻水火不容。如果在口考的場合中，他們以私人的恩怨，假借你的論文爲話題，相互攻伐，災及於你，這對於你將極爲不幸和不公，應當儘量設法避免。

■別染上論文狂妄症

論文寫作期間，由於工作本身的煩重，加上外界許多不定的因素，很容易讓作者感受到過分的壓力，而產生身體和精神上的不適現象。我不知到你有沒有聽過，有人會這一期間內產生一種恍惚和燥鬱的情緒。這種情緒過度嚴重時便會呈現病態的症候。所幸的是它在臺灣還不普遍，而美國則時有所聞，美國的心理治療師稱之爲

「論文狂妄症」（dissertation paranoia），這種症狀是在幻想中出現的一系列假想的敵人，他們都在蓄意給自己加害。這個病症當然不會致命，卻有相當可怕的殺傷力。它會耗損你大量的體力，在應付日常的小事時，造成高度的緊張。由於你處處設防，時時劍拔弩張，以求保障自己的安全，你血液中的白血球數量雖然沒有增加，但你心理上的負擔已達飽和，隨時有癱瘓的可能。當然，從病理上說，假如你生活圈子中眞的有人在暗中埋伏，企圖傷害你，你的驚恐是件事實，不是「狂妄」。所謂的「狂妄」，是一種非理性的猜疑，其根由可能來自你身心交疲，或者由於過度的緊張而趨於神經的過敏。在一般日常生活中，人都需要一點適當的防禦，但操之過份，則是庸人自擾，苦了自己。美國有一位博士候選人因爲懷疑他的指導老師患有精神虐待症，因此對她所有善意的指點和批評，都一概拒絕接受，製造了許多糾紛，引起彼此很大的不快，實爲不智。

所幸的是，論文狂妄症不同於其他任何精神的疾病，它是有時間局限性的。一旦你的論文寫作完畢，並且順利通過，你的一切症狀，都會在剎那之間化為烏有，說明你從來便是一個十分健康的人。從這裡也可以看見，在工作較為煩重的日子裡，生活和心理衛生的平衡，是人人必不可少的考量，切勿讓毫釐之差，破壞了生活的順遂。

躁鬱症是一個人在工作緊張繁忙時，生理上產生的一種生命力欠缺和思考功能失效的現象，它過分的發展，可能導致精神的崩潰，同時在幻想中，製造出許多假想的敵人，使你寢食難安，呈現出心理上的病態。在論文寫作期間，宜盡量維持平和、感恩的心態，與師長、朋友保持正常的往來，不要處處劍拔弩張，多方猜忌，傷害了自己的健康，得不償失。

Chapter 4 怎樣起跑？

- 寫作是怎麼一回事？
- 怎樣鼓勵自己
- 爲什麼有人害怕寫作？
- 怎樣培養好習慣？
- 從「信筆塗鴉」開始

怎樣起跑？

在六〇年代當我還在上研究所時，怎樣開始論文的寫作，好像不是什麼大問題。當時我的論文題目包含大綱都是指導老師給的，那是那時代大學裡的風氣。老師所給的題目，有些是專門爲學生設定的，有些則是他們自己研究工作的一部分，因此都頗具意義和深度，跟他們討論問題時，也能得到很大的啓發。在那一時代裡，國內外對論文多採取一種簡單而規律的處理。首先，挑選題目，閱讀資料，寫定大綱，然後依照大綱章節的順序，逐步進行，結束後，再寫一篇前言和結論，作爲完篇。這時最常聽到的建議，是把論文閑置案頭三、五日（類似麵粉團的發酵），然後自首至尾，詳讀一遍，把其中錯誤的語詞，文法，不妥當的文句和論調，予以修正，一篇論文就此告成。

這種方法，事實上，到今天還廣泛地被人採用，甚至博士論文，也是如法炮製。如此寫成的論文，確有它的好處：乾淨，俐落，整齊，給初看的人一個良好的印象。不過它也帶來許多內在的缺失：在它整齊的形式後面，常會發現枯燥、空洞的內容。它缺少深思，幾乎沒有個人的觀點；它可能解決了若干問題，卻也帶來了更多的問題。這種八股式的內在結構，由於因襲已久，大家習以為常，沒有餘地和意圖予以改善，因此造成論文素質上很大的缺憾。

本書將為你介紹一種大異於傳統寫作的方法。在堅守學術崗位的同時，又呈現個人的特色，這種客觀與主觀成分的兼顧，將使你的論文具有研究的嚴謹，和人性的親切，減輕了傳統論文中的枯燥和冷漠，還讓作者在寫作的過程中，享受到不少創造的快樂。

■ 寫作是怎麼一回事？

中華文化，向來成就輝煌，文人才士，多不勝數。然而我們對於寫作這行藝術，卻喜歡強調它浪漫神奇的一面，所謂七步成詩，下筆千言，忽略了作者辛苦創造的過程。我們今天讀古今中外的名著，羨慕它們天衣無縫的精美，以為它們一出作家之手，便已具有如此的魅力，從來沒有想到他們十年寒窗，和千錘百鍊的苦心。我們到今天還有人認為最

好的文章，都是妙手天成、不假修飾的神品，便是這種錯誤觀念所造成的。

美國當代女詩人Elizabeth Bishop（1911-1979）有一首名詩叫做〈也是藝術〉（“One Art”）詩只有短短的十九行，卻精巧絕俗，妙趣橫生，讀者嘆爲神來之筆。事實上，作者從初稿到定稿，一共前後寫下了十七個不同的版本。她的第一版本，任何人都知道平庸、無奇。經過詩人反覆的推敲和雕琢，才把這隻平凡的麻雀，變成舉世矚目的鳳凰。可見每篇成功的作品，多是作者嘔心瀝血所換取得來的成果。這個故事也是我們寫作論文的人必需牢記在心的。

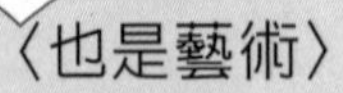

〈也是藝術〉

Elizabeth Bishop第十七次寫定的版本：

丟失不是一件難於熟練的藝術；
許多東西都會丟失，
而失去也不會造成什麼天大的災殃。

我們每天都丟掉些東西：
一串大門鑰匙，一段轉瞬不見的時光。
丟失不是一件難於熟練的藝術。

我們還懂得更多、更快的丟失：
誰呀，哪裡呀，還有下次要去旅遊的地方呀。
丟了又會怎樣。

我曾丟掉過媽媽的手錶，天哪！我還丟掉了最新擁有的三棟大房。
丟失不是一件難於熟練的藝術。

我也丟過兩座可愛的城市，一些心愛的人兒，
一塊土地，兩條河流，一個大陸。
我丟掉了它們，但丟了又怎樣。

——甚至丟了你（我調皮搗蛋的可人呀）我可沒說謊。
顯然的，丟失不是一件難於熟練的藝術。
縱然它看來（寫下來吧！）
也不像是什麼天大的災殃。

那麼怎樣開始寫作呢？答案是意想不到的簡單：它開始於你腦海中升起來的一些細微不足道的念頭，你應該珍惜地把它們一一記錄下來。不要擔心雜亂無章，甚至平庸不足道；它們都是你日後論文重要的素材，而你遲早會把這些零亂的材料作一番整理，作爲你未來論文的基礎。

假如你猜想，我的原則大約是「論文的寫作，不妨先隨心所欲，信筆塗鴉，然後收拾乾淨，敷衍成章。」你猜對了。但這絕不是潦草塞責和信口雌黃。我所想要達成的目的，正好與此相反。我希望你能徹底了解你的思維，負起全盤的責任，而信筆自由書寫的方式會幫助你發現自己，找到自己的語言，這比模擬前人的語調，和邯鄲學步的窘狀，要高明多了。

當我建議你「信筆塗鴉」時，我沒有意思要你把文字故意寫得顛三倒四，讓你自己也讀不懂。我的意思，是在寫作的初期，不要太過緊張，以爲你的每一句話，都是金科玉律，不可動搖。這時你需要的，不是動人的辭章，而是眞誠的思維。把他們快速、如實地記錄下來，存放在筆記本，卡片盒，或者電腦中，即使它漫無頭緒，你已大有斬獲。這時你會察覺，你的思想其實很富彈性。同樣

一句話，可以有多種不同的表達方式和觀察的角度。從這中間你可能會找到線索，發現問題，甚至錯誤。這些思想上的「發現」，與其說是論文的，毋寧說是自我的。它能幫助你了解你的論文，當然也幫助你了解自己。

這種寫作有一個絕大的好處：它源源不斷地為你引進活潑、有意味的思想，讓你的頭腦始終感受到活水源頭的清新。如果你遵循的，是一份早已擬定好的大綱，你順水推舟，難免會犧牲掉不少思索的機會，失去寫作的原動力和創造性。大多數的畢業生都對自己的論文有「止於至善」的美意，這種崇高的理想，才是創造的保證。我在第一章中曾提到，寫作是探索之工具，也是思維的方法，這種信筆的自由書寫，實是你走向認眞思維的第一步。至於如何把這零亂的草稿，「收拾乾淨」，鋪張成為一篇亮麗的論文，我將在第五章中詳細說明。

■ 怎樣鼓勵自己

任何工作都需要一點外在的鼓勵，論文也是如此。鼓勵有兩種不同的方向：正面的獎賞，和負面的懲罰。懲罰可以使一個孩子「聽話」，卻不能使他朝氣蓬勃，奮發有為。獎賞與之相較，既合情，又有效，因此在「行為原則」中，是最佳的選擇。

然而什麼是論文寫作的獎賞呢？不要幻想你的老師，或者朋友會給你送上花環。在這孤軍奮戰的階段中，你是士卒，也是將軍。最聰明的辦法，是替自己量身打造一套可行的計劃，然後公告全軍將士，照章行事。別把計劃訂的太大：「每天5,000字，否則不得吃飯！」你還沒有上陣，已先感到氣餒。「每天好歹500字」，大約不是天大的難事，這樣的諾言，才有實現的可能。至於怎樣叫做

「每天」，你大權在握，可以明令將士：它可以是周一到周五，也可以是每周任選五天或六天（四天又有何不可？）。只要持之以恆，認眞執行，一周以後，你手頭已握有三千字左右的戰績，這時給自己一個小小的犒賞，應是天經地義的事。一客名貴的冰淇淋，便足夠了。再不然去一場久聞盛名的音樂晚會，或者拿起聽筒，跟好朋友瞎扯一、二個鐘頭……眞是不亦快哉。

除了直接的獎賞外，還有一種錦標式的誘導；在美國這被稱之爲「老祖母的芋泥規則」：「不吃完芋泥，不得吃甜點！」芋泥不是人人愛吃的食物，假如沒有甜點的誘惑，芋泥恐怕多會成爲垃圾，或者丟去喂狗。今天不少青年人有上網路的習慣，認爲是一大享受。假如他們給自己約法三章，不把一千字的論文寫完，今天不得上網。他們會乖乖把這一千字交待清楚，然後心安理得地打開電腦。

當然，也有人並不害怕寫作，無需如此大費周章。但不管你喜歡還是害怕，遵守自己的規矩，每周有一定的時日，每天有一定的字數，「天天」（除了生日、大年初一），絕不間斷。你也許會有情緒低落的時候，照寫；也有思路不順暢的時候，照寫；你有時

自知寫的很「爛」，照寫。養成習慣，才是正經。不要因咽廢食，也不要好高騖遠，逞一時之強，破壞了長期奮戰的計劃。穩健的步調，不屈不撓的意志，才能勝算在握。刻意求速，有時反會浪費更多的時間，得到相反的效果。

■為什麼有人害怕寫作？

在撰寫畢業論文的年輕族群中，就我個人的觀察，喜歡寫作的人不多，而害怕寫作的人，卻大有人在。喜歡寫作的人，一般說來，多有常年寫作的習慣，甚且還出版過若干的著作，寫作對他們而言，當然不是問題。有些則偶然發現，埋首論文，好像可以安撫焦燥和不安的情緒，有時甚至還有暢所欲言的快感，因而興致勃勃，樂此不疲。但值得同情的，是那些視寫作爲畏途的人，他們遲遲不肯開始，開始後，又瞻前顧後，握管發呆，寫不出一個字來！這種人，最常見的是缺少寫作的興趣，或者是生活在對你的工作有欠了解和支持的朋友或家人中。還有一些人，他們勤勉好學，讀了不少的書，卻由於過份的謙虛，反而對自己的思想沒有自信。這種人，大約是我在第一章節中所說的，把論文想的太大，太高，太難，擔心自己不能勝任的人。謙虛是一種美德，值得讚揚，但也要注意有當仁不讓的時候。論文是每一個畢業生自己選擇的天地，在寫下他的所知所想，爲他的專業作出一點貢獻，乃是天經地義之事，沒有必要太過緊張。石破天驚的好論文，自從維根斯坦之後，大半個世紀以來便不曾再見；而最好的論文，其實都是從誠懇、謙虛中得來。這個事實，值得我們正視和惕勵！

害怕寫作的原因很多，有內在的，也有外在的。如果你有畏懼感，你應設法知道畏懼的原因，而予以征服。論文的寫作是一件

長期的工作，少則數月，多則逾年，你一定要採取一個自然的心態，否則日子苦不堪言，有損健康。

假如你屬於害怕寫作的一族，你應當知道：即使你害怕，你的寫作不會受到阻撓。你不需要先消彌害怕，然後開始寫作。你必需學習怎樣寫作，不管心中有多少焦慮。事實上對一個害怕寫作的人來說，寫作可能是世界上治療恐懼感最有效的幫手。在你開始寫作之前，你便可以帶著幾分恐懼，在你結束寫作之後，你仍然帶著幾分恐懼。你應當尊重你的恐懼（只要不太過分），聆聽你的恐懼，了解你的恐懼。這些過程，都是人情之常，都是培養自己成爲一個天不怕、地不怕的「作家」最好的訓練，不應該把它當作一件負面的事情來看待。

■ 怎樣培養好習慣？

什麼是好習慣呢？好習慣和「沉溺」（addiction）的區分，一般說來，在前者有益健康，後者則否。前者的維繫，頗爲不易，而後者想要擺脫，都大有困難。通常人們把「沉溺」視爲可怕的惡習，因爲它常與吸毒、酗酒一類不健康的嗜好相關連。然而健康的

「沉溺」，事實上也是多不勝舉，像健行、游泳、蒔花、都是高度熱情的表現。最好的習慣，便是加上「沉溺」的熱情，最好的寫作習慣，也應當有熱情的結合。南宋詩人陸遊自稱「六十年間萬首詩」，六十年來平均兩天一詩，假如不是一個「寫作迷」怎能把寫作持續到這種地步！寫作在心理上，既能滿足人們某些基本的欲求，同時也提供了另一類的樂趣。

我們即使不是專業的作家，都多少有一點寫作的經驗。在寫作時我們會聽到自己沉默的聲音，發現自己潛伏的思想和感情。通常一種氾濫如洪水般的激情，常會在寫作中得到舒解。寫作，例如日記或者書信，有時也會像運動前的暖身操，可以把肌肉靈活起來，思想集中起來，把生活的焦點更明確化起來。然而寫作的樂趣在哪裡呢？有游泳習慣的人，會很容易理解我下面的比喻：游泳池中短短的一千公尺便是他快樂的泉源。在水中，他每一舉臂、每一踢腿，都是絕對的自如。這時，與其說他在水中運動，不如說水的流動在引導他，讓他載浮載沉，給他神仙一般的享受。有習慣寫作的人，也能體會到這種身心交互的滿足。寫作的本身是一種有意識的活動。它邀請你登山探險，深入虎穴，尋找虎蹤，它給你的報償，是新奇、刺激，從心所欲的自由，不僅僅取得虎子而已。我們爲什麼會迷戀游泳、登山、探險？因爲這些活動帶給我們樂趣，讓我們聚精會神，流連忘返，換得身心的大自在。寫作也有同等的魅力。一個已經養成寫作習慣的人，三天不動筆，便會「手癢」，這大約便是陸遊的寫照吧？

然而習慣不是一成不變的規章。它是你眞實的需求，是你生活環境的安排。它必需讓你感到舒適自在，否則立即放棄，重新規劃。有人性情比較急燥，不喜歡聽從習慣的指導。但不要忘記，習慣其實就是生活的規律。有規律的生活，總會比沒有規律的生活來得更有效率。即使你自知不是一個「寫作迷」，你富有規律性的努力，仍然會給你應得的成績，你也不必仿效「寫作迷」們，每天歡天喜地去寫作。「歡天喜地」並不是好論文的條件。拿起筆桿，write first！風雨無阻，分秒必爭，才是不可一日或忘的座右銘。

■從「信筆塗鴉」開始

誰都會拿起筆桿，隨心所欲的自由書寫。也許有人認爲這只是開玩笑，充其量不過是一種遊戲罷了。然而我卻想把這自由書寫的行爲，當作一種嚴肅的方法，甚至哲學，作爲養成寫作習慣的的第一步。畢業論文令人望而生畏的地方，在它的嚴肅性。它的每一字句，好像都要經得起口試委員們十目所視、十手所指的考驗。當你對論文還沒有明確的概念時，你眞的不知該如何落筆，寫下你驚人的第一句。其結果，當然只好等待，忘記了「Write First！」的重要。

爲了讓你輕而易舉地叫出「Write First！」的口號，解除對論文的恐懼感，讓自己在沒有壓力的情況下，開始寫作，隨意塗鴉的心態，的確很有幫助。你的要求不高（二、三百字爲限），時間短暫（十分鐘即可）隨心所欲地寫下自己的意念、構想、甚至與寫作有關的疑問和痛苦。這種類似暖身的動作，持續了幾天之後，會使你感到精神的舒暢，大腦的放鬆，不久之後，你恐怕會不自覺地把文字提升到四、五百字，把時間拉長到半小時，因爲你的思想開始靈活起來，語言豐富起來。種種的「點子」蠢蠢欲動起來。從你這些潛意識的「塗鴉傑作」中，你可能會有一些趣味的發現，一些你前所未知的意念和靈感，出自你的手底，讓你感到訝異萬分。

你的自由書寫與傳統書寫相較，有兩種優勢：一、你沒有壓力；二、你可能寫的更細膩、更深刻，更能委婉地傳遞你的心聲。例如當你打算說明你論文題目的選擇，而並不自信你的選擇恰當時，你會呆坐案頭，思緒如潮。這時你不妨寫下腦中盤旋的一切雜念，包括你的徬徨和不安。你會謙恭自問：「我眞的該寫這個題目嗎？我的知識和研究方法能承擔起它的重量嗎？它是不是太刻板、太枯燥乏味了？假如我選擇一個自以爲有趣、而旁人都認爲不成體統的題目，我的學術前途會因此葬送嗎？」……這些沒有答案的問題，都是你眞誠的反省，也是你藉以尋找論文焦點最有效的方法。有些問題可能大而無當，有些可能幼稚可笑，在持續的追問中，你會從中看見自己思想的模式和思考的方向；你反覆的推敲，也會使你的論文由膚淺而變爲深邃，由模糊而變爲明朗。從這荊叢中走出來的一條生路，實是你寫作過程中最值得重視的一次嚐試；你對它們無保留的用心，將會經由種種不同的方式，散佈在你即將著手撰寫的論文中，顯示出它與眾不同的一面。

當你的論文逐漸明朗化後，你仍可採用自由書寫的方法，靈活、快速，而富有創意地尋找論文的焦點。假設你是歷史研究所的準碩士而有意選寫有關《資治通鑑》的論文，這時你當然已讀過許多有關的書籍，你一定也有不少心得和疑問。不要等到所謂「水到渠成」的那一刻才寫下來：那一刻可能永遠不會來臨。在你想到它們的此時，用閃電、塗鴉的方式，把它們毫無修飾地記錄下來：《資治通鑑》眞的比正史更可靠嗎？誰說的？爲什麼？怎樣的歷史才是「可靠」的歷史？《資治通鑑》有自己一套完整的歷史哲學嗎？它是司馬光的哲學？還是宋神宗的哲學？司馬光「可靠」嗎？怎樣決定一個史學家的「可靠性」？……這些熱情而又理智的思維，都是你論文裡精華珍貴的部分；它們遲早會在你論文中展現它們的魅力，發揮重大的功能，製造一些迫人注目的力量。當然，你的熱情和理智也並不完全可靠。千萬不可閉門造車。明白是非的曲折，掌握懷疑的精神，不輕信古人，也不輕信自己，理性地處理分岐的思想，常是一篇好論文誕生的溫床。

論文有許多不同的風貌，有的汪洋恣肆，如長江大河，一瀉千里；有的涓涓細流，曲折瀠洄，讓人看見作者每一個用心的地方。了解你自己的風格，愛護它，栽培它，它是你獨一無二的創造。它將在你自由的書寫和反覆的揣摩之下，漸漸茁壯、成形，傳遞出你自己的心聲。

chapter 5

從「零手稿」到初稿

- 什麼是「零手稿」？
- 怎樣準備初稿？
- 怎樣寫緒論？
- 怎樣組織全文
- 怎樣寫結論？
- 讀者和你

what
what

從「零手稿」到初稿

常常問：「我可以這樣說嗎？我有證據這樣說嗎？」
記取左思花了十年寫成的〈三都賦〉的忠言。他在序中說：「且夫玉卮無當（註：當，底也），雖寶非用；侈言無驗，雖麗非經。……美物者，貴依其本；讚事者，宜本其實：匪本匪實，覽者奚信！」

假如你遵從Write First！的原則，也採用自由書寫的方式作為開端，一個月下來，你手頭應該累積了不少的手稿或卡片，只是這些資料都是片斷、零星的思維，不是立即可用的文字，把它們叫做「零手稿」（zero draft）也無不可。怎樣把它們從「零」變成稍具雛型的「初稿」（first draft），便是本章要介紹的重點。

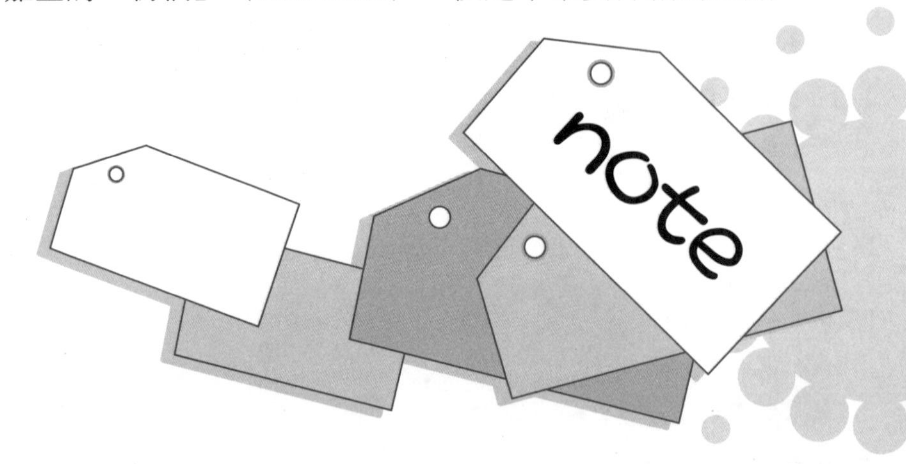

■什麼是「零手稿」？

零手稿是你快速寫就的備忘錄，是你靈感的大匯合。它內容豐富，原味十足，它濃縮的語言片段隨時可以稀釋成爲一篇篇言之有物的文章。它是你論文的智庫，和許多章節的起跑點。你的推理、論斷，包括論文的結構和綱要，都會從這裡產生，它也是你發現新問題和糾正錯誤的大本營。例如你當初打算研究韋伯的經濟學，而兩個月後才發現，不從他的宗教和政治理論出發，是得不到答案的。又如你筆記中曾三度提到莊子是道家思想的主軸人物，但你也曾同意朱熹所說莊子「無人宗之，只在僻處自說」的話，你感覺到莊子當時所處的地位，恐怕還有斟酌的餘地。從模糊不清，到柳暗花明，這便是「零手稿」重要的功能。

■怎樣準備初稿

一旦你的思想有了較清晰的輪廓，你的寫作也有了明確的方向，這時你可以安下心來，準備論文的初稿。零手稿的目的是了解自己，初稿的目的則是讓人了解你。你不僅要問：「我可以這樣說嗎？」你更要問：「我有證據這樣說嗎？」「這樣說讀者能理解嗎？」或者：「我應該在什麼地方說，才最有效？」一篇好的論文必需言之成理，令人信服。但首先，你得把它整合起來，寫出大綱，把零亂的資料分成章節，組成一篇完整的論文，便人閱讀。你必需記住，一旦你進入了初稿的階段，你自由書寫、唯我獨尊的時代已經過去，你的眼中需時時刻刻有一個讀者的形象，而且把他視爲你的同儕，或者長輩，禮遇他，尊敬他，並且設想他可能的反應。

然而論文是怎樣組成的呢？它的每一章節都有原則可循嗎？前面說過，除非你想刻意求新，在格式上，蕭規曹隨的傳統方式，是完全可以接受的。不管你怎樣打算，只要你的安排合情合理，能清楚傳遞你研究的成果，能讓讀者一目瞭然，便可以了。每篇論文有它內在的價值，外表的規格和形式，是很少被放在考量之列的。

如果你不反對傳統的分類，你不妨把你的筆記或者卡片重新組合，把它們納入下列五個範疇：

1. 你論文的主題是什麼？這批資料將成爲你論文的第一章，也就是緒論。由於它地位特殊，牽涉廣泛，我將在下面詳加說明。
2. 你的研究跟當代或前人的研究，存在著怎樣的關係？這是背景和文獻的回顧，可以作爲論文的第二章。
3. 什麼是你研究的方法和目的？在這第三章裡，你可以說明你蒐集資料的立場、用意和過程。至於個人遭遇到的困難和問題，也不妨在這裏提出。
4. 你的論文有什麼收穫？這部分會佔用你最大的篇幅，將是你論文的主軸，需要很大的篇幅才能容納。

5. 這篇論文的得失何在？作爲全文的最後一章，你需做一個有系統的總結，給讀者一個明確的交待和檢討。

這五個範疇當然不是最理想的分類，其中的變化可以因人而異。例如你可能認爲背景與文獻的回顧並不需要獨立成章。把這些資料穿插在論文的行文之間，可能效果更好。其次，有關於方法論的問題，你也有足夠的理由省略。許多論文在論說之際已經暗含了研究的方法，在必要的地方例如結論裡，稍作說明即可。

既然分章的結構並不固定，而有些章節又屬多餘，那麼這樣傳統的分類還值得遵守嗎？一個持平的看法，是這種類似官定的「新八股」，中外一致，都是多年來畢業論文不成文的格局，它標示論文必備的條件，並提供研究生撰寫時許多的方便，未必無功。如果有人對這些僵定的形式感到厭煩，相信自己的論文適用另一種新的安排，他未嘗不可以放棄這些巢臼，開門見山，直抒心意。從現實層面看來，任何具有份量的論文都不可能不涉及文獻、方法、目的等問題，至於什麼時候提出來，和用什麼方式進行討論，作者是應當有選擇的自由的。

不論你採取何種方式，傳統的還是非傳統的，下面一些基本的原則，你卻不能違背。首先，它們必需有整體的關連性，讓讀者在閱讀時，感到你的論文是渾然的一體，而不是零碎的片段拚湊而成。其次，每一章必需有一個中心思想，讓讀者可以清楚地跟隨你，不至失落。第三，每章之中若有細節，這些細節必需在理路上層層相因，在形式上環環相扣，給讀者一個井然有序的印象。最後，每一章的開端，爲了讀者的方便，最好有一段小小的引言，介紹本章的內容，並在章末作一小結，圓滿結束全章。

■ 怎樣寫緒論？

作爲論文第一章的緒論，可能是問題最多，也最需要用心處理的一章。許多人寧願先寫其他各章，而把這章留在最後，頗有道理。緒論牽涉到論文的全體，對論文尚在形成階段中的作者而言，的確不知該說什麼，從何說起。當然，不同領域的論文，常會有不同的處理方式，最好的辦法，是去圖書館查閱與你領域相同或相關的論文，看看他們怎樣起頭，作爲參考。如仍有困難，你也可徵詢導師的意見。

雖然如此，一般緒論的結構，還是有慣例可循的。它通常包含的項目，不外乎上面所談到的五個範疇：主題、背景和文獻、研究方法、目的，和結論。只是每篇緒論，也都宜有一個開場白，其主旨在引導讀者進入你論文的世界，故需簡潔明快，生動有力。它可長可短，有人只需一個段落，有人卻會用上三至五頁。至於它的內容當然是人各有異，最方便的辦法，是選擇前列五項中你認爲比較值得強調者，加以申述，可以有一舉數得之用。我的一位學生所寫的碩士論文有關美索不達米亞神廟之起源是這樣開始的：

神廟是人類唯一為了心靈的需要而創造的建築，從史前人到現代人，從原始部落到工業都市，從路旁土地廟到大型道宮佛殿，其形式始終透露著如謎般難解的規則和秩序。尤其在文明的發生期，如埃及、巴比倫、希臘、瑪雅等都產生規模宏偉、布局工整而精緻的神廟形式，達到神廟發展上的顛峰。為了能解開神廟形式之謎及與文明的關係，筆者擬以釐清神廟的本質，與追溯神廟的傳統為方法，而選擇較少為人知的美索不達米亞神廟為中心，一方面嘗試發掘神廟形式的雛形與演變，一方面嘗試揭示美索不達米亞神廟的特徵。

這是一篇直接了當的引言，所用字數極少，卻清楚地說明了研究的動機和目的，也在一定程度上引起了讀者的興趣。至於賸下的幾節，如範圍、方法和局限等，他也不過用了不到八百個字，結束了全部的緒論。

假如你不喜歡如此單刀直入、過分快速的方式，你可以增添一些親切而簡潔的語言，談談你認爲能讓讀者更了解你論文的地方。例如題目的選擇，研究過程中遭遇到的困難，以及你對這篇論文的評估和期望等等。不過這些敘述，必需實事求是，公允持平，遵守學術的客觀性，不宜有過分的誇張，也不必過分謙讓。如果處理得體，它一定能爲你的論文生色，並增加不少的深度和趣味。

關於背景和文獻的問題，前面我們曾經建議把它納入論文的第二章。但由於這一章也不是論文必需的條件，不論你的論文有沒有它，在緒論中，都應該有所涉獵。學術的成就，往往是累積性的。你的研究一定前有所依，找出它的來龍去脈，發現它在過去和現在之間所扮演的角色，可以準確地爲你的研究找到一個時空上交叉的定位。除了歷史的線索，當今學術界的現狀也是一個極待說明的項目。你也許不可能把所有與論文有關的資料搜羅殆盡，但其中具有分量的著作，你必需能夠掌握，並有批判性的了解。爲了使你自己的資訊趕上時代，網路和世界各地有關的學術會議，以及他們已發表和未發表的論文，你也應該留神。

至於研究方法一節，除非你有一套清楚、嚴謹、必需詳加解說的方法，在許多論文中常可簡約處置，或在有必要時順便說明。然而即使你另有專章討論，在緒論裡也不妨作一簡短的介紹，俾給讀者一種鳥瞰的方便。一般言之，方法論有兩種最大的區分：量化和質化。量化的方法論來自實證主義者的信念，他們相信客觀的現實可以經由數據來表達。在這種視野中所作的研究，通常具有實驗和調查的特質，也可能是事物或人事之間相對關係的理解。質化的方

法論，強調現象的觀察和分析，在這種視野中，現實隨人而異，所作的研究，通常以尋求意義和意義的詮釋爲目標，而研究的對象，則往往是以歷史的呈現爲主，而非人力所能左右者。雖然不少論文作者堅持自己選擇的方法不是量化，便是質化。事實上，這兩種方法是可以交替運用的，只是作者必需明確地指出，他以何者爲主，何者爲副。

量化的方法論

1. 相信客觀的現實可以經由數據來表達。
2. 通常具有實驗和調查的物質。
3. 研究對象可能為事物或人事之間相對關係的理解。

質化的方法論

1. 強調現象的觀察和分析。
2. 通常以尋求意義和意義的詮釋為目標。
3. 研究對象往往以歷史呈現為主，而非人力所能左右者。

每篇論文的目的，便是每篇論文的精神。論文的成功與否，也以它的目的能否達成爲標準。故你除了需在開宗明義的第一章裡認眞解說外，還需在論文的每一章節中隨時注意到它的存在，不能讓它失去蹤影，並在結論裡，再爲它做一次嚴肅的檢討。如有未完成的部分，則宜做一個合理的解釋，或者提供未來可能補救的辦法。

緒論中綱要性的簡介，如果時機尙未成熟，你大可等到論文稍具眉目後，再爲補足不遲。說到它的作用，其實只不過是在論文的開端時，給讀者一個方向感，有如一張行車地圖，讓他們知道你的領域之內有什麼景點，它們之間的關係位置怎樣，和應有怎樣參訪的順序。

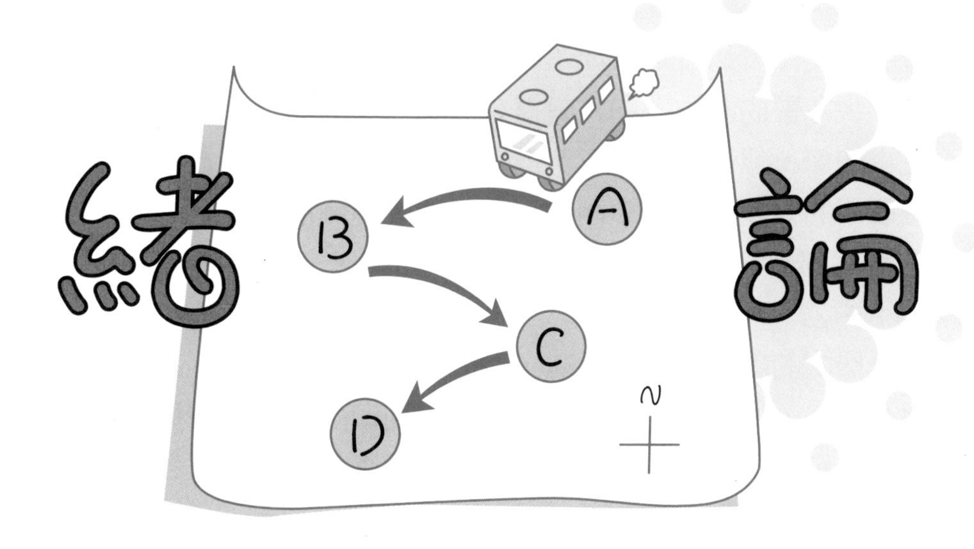

■怎樣組織全文

緊接在緒論的後面的，是你論文的主文，也是你論文最核心的一部分。在這裡，你需拿出你全部研究的資料和心得。把它們有系統、有意義地編結在一起，並加上你個人的分析、判斷，和詮釋。這是一份相當繁重的工作，所需時間極長，少則半年，多則一、二年不等。許多不能準時畢業的研究生，大半是在這一關卡上給耽誤了的。它的內容，其實應是你平生學業的重心，假如你選擇的題目眞是你的最愛，你大約會興致勃勃，應付裕如。你手頭既已掌握了如此豐富的資訊，你的注意力此時應放在與讀者的溝通上。

要怎樣才能有效地與讀者溝通呢？對一位嫻熟寫作的人，這也許不是一件太困難的事，但一般來說，論文中「八股」的形式，是人人可以充份利用的。它不僅能把眾多的材料在形式上分門別類，還能給他們賦與一種視覺上的美感，讓人感覺層次分明，一覽無遺。這種格式在論文寫作中被長期地採用，不是沒有道理的。較大型的論文，可以分篇，如第一篇、第二篇，或者上篇、中篇、下篇等。大多數的論文，通常只需分設章節，而節之下又分小節，甚至更小的節。但不論篇、章、或者節（小節除外），最好都能冠以一個簡單的標題，有助於瀏覽。爲了確實達到層次分明的效果，章節之前，都要有一個數字的順序，例如一，二、，三；壹、貳、參；甲、乙、丙；或者1，2，3，……等等。若仍不敷使用，則可把次一層次的敘述，加上括號，例如，（一）、（二）、（三）；（甲）、（乙）、（丙）……等等。在列印上，則宜採用縮排的形式，讓文章之中主、客、從、屬的關係，森然在目，不致錯亂。

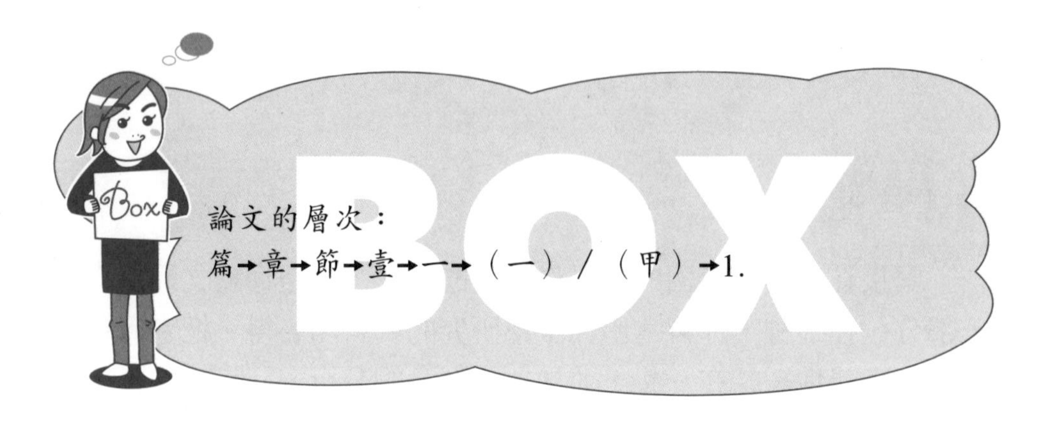

最成功的溝通，除了外在的形式，還有一個更重要的因素，那便是內在的語言。沒有這種特殊語言的支持，再好的形式也將徒然。這種特殊的語言我們可以稱之爲「學術語言」（academic style）。

學術語言是學術界一種特有的文體，它也可以擁有自己的風格和標準。它是學者的語言，當每一位博碩士候選人在認眞撰寫他的論文時，他也同時在認眞學習運用這種語言。在學術界中，當我們讚美一部著作時，我們事實上是讚美這位學者的風格和他在書中所塑造的型象。語言的本身沒有創造力，它的創造力來自使用者幾項單純的選擇：他的話題，他的語調以及他特有的遣辭和造句。作爲一個論文的作者，你不能不思考這些基本的問題，讓你在寫作時能充分表現自己的修養。這種作家，一言以蔽之，能守成，也能創新，能講求實際，也能顧及趣味。他是如此一位有見地、有水準的學者，在態度上，卻永遠謙和，風度翩翩，令人肅然起敬。

爲了符合學術語言的要求，我們提出下面四種建議，作爲你寫作時的參考：

1. 文字力求清楚

許多作者急於想給人一個學者的印象，而誤把文章寫成高深莫測，不知所云。殊不知，最好的學術語言，是透明而清晰的，即使一個外行人也應該能夠讀懂。清晰之道無他，只要用字遣辭得宜，造句合乎情理，又能前後相顧，上下有序，便是明白曉暢的文章。

2. 語氣力求練達

你的每一造句，必需給讀者一種穩健的感覺。清楚而又穩健，文章才有力量。假如你只求清楚而缺少慎思、明辨的精神，你可能會寫出不夠老練，甚至幼稚的東西，讓讀者對你失去信心。

3. 形式力求整齊

前面說過，畢業論文的形式雖早已被人戲稱爲新八股，然而它畢竟是一切寫作中最需要形式的一種作品。跟一、二十年前的情況相比，今天的論文已經自由多了，然而不論論文可以自由到什麼地步，想要把它變成完全不拘禮數，或者過於口語化的模式，目前還沒有可能。

4. 避免過度自信或者模稜兩可

有些論文的作者會不自覺地跌入自我誇張的陷阱。當他們有舉足輕重的議題，有社會、文化或者企業界的急迫需求，加上他們研究的深入，他們很容易感到一分不同凡響的驕傲，因而採用了許多過於肯定的語言，讓局外人有點難以接受。最簡單的解救之方，是刪除「絕對」、「當然」「無疑地」……這一類的話，而改用「也許」、「可能」、「似乎」的字眼。天地間很少絕對或者當然的事情，尤其在以尋求眞理爲職志的學術研究中，這種語調很容易把自己陷於困境。一個好的學者應當勇於表現他的自信，但他必需擁有謙虛、宏觀的風度。至於過分的謙讓以至於走上模稜兩可的地步，則是學者另一類不自覺的弊病，應該設法避免。

■ 怎樣寫結論？

一篇好的論文，一定要有一篇簡潔有力的結論。結論不是摘要，它不是把你剛剛寫過的東西再來炒作一次；它是你論文即將結束時，所作全面性的回顧和展望。它的內容應該包括至少下列各項：

1. 什麼是你研究的成果？其意義何在？，你的成果站得住腳嗎？它能一目瞭然嗎？它有沒有啓人疑竇的地方？
2. 你議論的範圍是否太過寬廣？你的論據有沒有足夠的支持？你研究的目的明確嗎？你研究的方法有什麼優點和缺點？
3. 你的成果在學術的領域中代表什麼意義？與前人相比，你的研究與他們之間，存在著怎樣的關係？
4. 對於你的缺失，你有什麼說明嗎？

回憶一下你論文剛開始時的雄心和憂慮：你的雄心達成了

嗎？你的擔憂化解了嗎？如果你自知論文中尚有缺失，你也可以加上一點小小的按語，建議未來的補救，或者指出下一步可能的研究和計劃。不過你要記得，這只是一點「小小的按語」，不要在此大做文章。

你還應記住，在這一章裡，你最重要的工作，是解釋自己，不是評論他人。若有必要牽涉到旁人，則宜輕輕點過，愈短愈好。在這一切等待結束的一章裡，千萬別引進新的話題，以免節外生枝，使你的論文收不了場。

結論是一篇論文的精華所在，也是讀者認眞閱讀的焦點。它的內容在寫定前，最好能跟指導老師談談，聽聽他的意見。至於措辭方面，則宜拿出千錘百鍊的毅力，希望能夠達到你心目中「止於至善」的標準。然而，很不幸地，在我們實際的經驗中，爲數不少的論文常常在這應當簡潔而有力的一章中，顯示了零亂的章法，和輭弱的氣勢。論文寫到結論，對大多數作者而言，或有強弩之末的倦容，加上交卷日期逼近，爲了不耽誤畢業的時間，把這一章草草完卷，連修改的機會都沒有，是常見的事。白璧微瑕，令人惋惜！補救之方，我建議你提前考慮結論的撰寫，並與你的導師多作溝通，同時以自由書寫的方式，先打下它的草稿，等待修定。在論文尚未完成的階段中寫的「結論」，當然難免有試探的性質，然而其中可能的疑難，往往是你論文的癥結所在。這種警覺性的提高，不但有助於結論的定稿，還有可能搔到你主文的「癢處」。假如你時間充裕，及時予以糾正，也會爲你解決一些意想不到的問題，可謂一舉兩得。

■讀者和你

前面說過，在你論文的初稿即將成形之際，你的注意力已經開始從你的自身，轉向了讀者。你的寫作當然是爲了自己，但同時也是爲了他人。你希望你的讀者了解你，知道你寫作的內容，還希望他們能欣賞你對問題的處理的智慧。在這種期待中，你必需讓他們相信你不會浪費他們的時間，因爲你的研究有完美的規劃，有可待的收穫，你的結論也有理有據，應當夠得上學術的水準。

把你的讀者視爲你的同儕或者師長，至少有兩個好處：

1.你可以用自然親切而平心靜氣的語言，與他們交談，減低了學術語言可能的嚴肅的氣氛。

2.你不會低估讀者而把自己放在高位，向讀者施教。這種自視過高的現象，其實很少是蓄意爲之的。它常常只是一種口頭的習慣，無心傷害了別人。例如有人在他論文的開端寫道：「清代大小說家曹雪芹在他的名著《紅樓夢》第一回中曾說……」他便已犯了嚴重的錯誤：即使他沒有這個意思，在口氣中，他已讓人感覺他在教導一個不學無術之徒，連曹雪芹是誰、《紅樓夢》是什麼書都不

知道。這種在歐美學術界中的大忌諱，在臺灣卻累有犯者，甚至有些著名的作家也未能倖免。論文的作者絕不容許犯下這一類的錯誤。

你的讀者都是有才識和智慧的人，他們多半與你有相近或者更高的文化水平。即使他們不與你同行，你論文中的資訊、思想和研究，都是他們閱讀你論文的理由，一定要給他們一篇簡潔、莊重而有格調的好文章，同時也要對他們表示應有的敬意。

別忘了生活！

■休息和檢討　■生活和寫作

■怎樣避免分心？　■怎樣控制時間？

■關於論文的 Deadlines

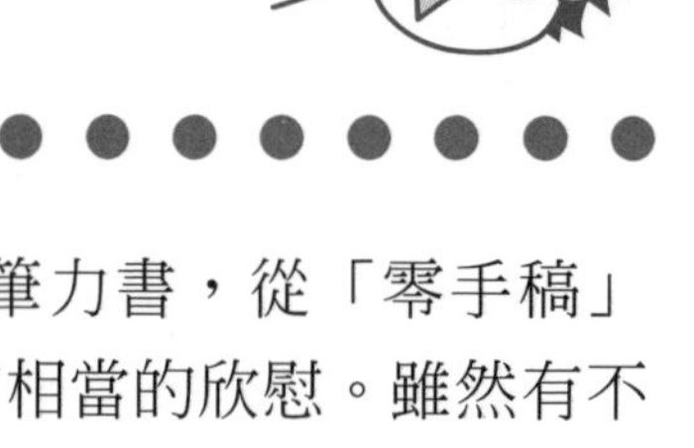

別忘了生活！

自從你規劃論文，打算畢業，開始奮筆力書，從「零手稿」的狀況，進入了初稿的階段，你心中一定有相當的欣慰。雖然有不少幸運兒在寫作過程中曾享受到「左右逢源」的順利，大多數的作者，即使沒有太多的災難，在這中途島上，難免會渴求一點小小的休息，舒鬆筋骨，讓自己再度出發，追向終極的目標。

■ 休息和檢討

你當然知道，你所想要的休息，不是度假。老祖母的「芋泥原則」，不到大功告成，是沒有甜點可吃的。目前你只能暫停腳步，閉目養神，在喝一杯給自己犒賞的咖啡的同時，回想一下半年來的寫作生涯。你寫作的方式正確嗎？你生活的安排恰當嗎？有沒有值得改正的地方？

關於寫作的方式，你首先應該檢討：

1. 你寫作的方法合宜嗎？
2. 你所做的正是你所要的嗎？有沒有過分或不及的地方？
3. 你勝任愉快嗎？
4. 你還能抓緊寫作的焦點嗎？
5. 你的生活融洽、順利嗎？
6. 你有沒有在雜事上浪費太多的時間，干擾了你的寫作？

至於寫作的速度，你也應愼重作下列的考量：

1. 你寫作的進度正常嗎？還是你在原地打轉，陷在自己的迷宮中？
2. 你的速度合理嗎？假如向來如一，這個固定不變的速度可以讓你如期完成論文嗎？
3. 你有沒有想到，你論文最大的極限在那裡？假如你有企圖縮小範圍，什麼是能夠被接受的最小極限？
4. 你早期爲自己量身打造的時程表，到今天還適用嗎？你該怎樣修正它，以適應目前不同的需求？

然而此刻最重要的事，毋容規避的，恐怕還是你個人生活的安排了。

■ 生活和寫作

在一件艱苦而又爲時漫長的工作中，沒有人願意天天折磨自己，走上那條可怕的臥薪嚐膽，甚至懸樑刺股的絕路。事實上，假如你有一個合理的安排，既能顧及寫作，又不犧牲自己的生活，這才是聰明的辦法。我知道有些人總是比另一些人更幸運：他們有一個舒適的房間，即使是一個小小的「角落」，可供他們自由使用；

他們有足夠體貼的家人、配偶、兒女，幫助他們解決日常生活之所需；他們可以暫時辭去工作而不擔心收入和家計。然而，大多數的作者卻只能對此望洋興歎！他們有時連一個屬於自己的空間都沒有。他們雖也訂有自己的時程，但他們的時程表每每被旁人破壞；他們有時只能趁家人或孩子熟睡的片刻，趕寫一、二個片段。假如你的處境眞是這樣的艱難，你可能仍會寫出一篇好論文，但你付出的代價未免太高了。

當你面臨嚴重的困境，構成你論文的威脅時，你必需反躬自問：「我爲什麼會步上這種困境？我接受這種生活的安排，豈不就等於接受失敗？」假如你的困境是由於對生活思考不周，沒有把論文列爲生活第一要件而造成的結果，現在正是時候做一番徹底的調整：找一個安靜的角落（家裡不行，去圖書館，或者朋友家中，他們總有上班的時候），給自己多勻出一點時間，例如把全職的工作改爲半職，或者在家裡僱個臨時幫傭，分擔一點勞役。想想看，你想要的學位已經花費了你不少金錢，爲了論文的完成，再投入一筆資金，並不會使你馬上破產，何況不這樣做，你可能會畢不了業！你必需記得：在這一階段中，論文就是你的生命（雖然只是短暫的一年半載，不是永遠）。你也需記得：從今天起，不到論文寫完，你不再聽命於任何人：從今你必需當家作主，不再含糊！

除非你眞有點仙風道骨，在一般人的生活中總會有一、二個夠得上稱麻煩的人。他們是註定揮之不去的，因爲他們與你的關係匪淺。現在我們姑且作一番假想：假設你有這樣一位朋友，你每與他接觸一次，心中便會萬馬奔騰，血壓暴升，幾天之內都不能平靜，你該怎麼辦？爲了論文，爲了保護自己，你勢必要與他劃分界線。關係歸關係，現實不能不應付，最好跟他捉個迷藏，少見面爲妙。如果你因此得罪了他，忍耐一點；論文完成後，向他愼重道個歉。假如他眞是你的朋友，他會原諒你的。

不過我倒並不主張你眞的告別人間，我只想建議你選擇性地接受社交生活。比方說你寫作的地方不要有電話，或者當電話鈴響時，不要拿起聽筒，充其量，打開答錄機，等你有空時才做處理。這樣你既能工作，也沒有跟社會完全脫節。社交和工作之間的取捨，向來是件棘手的問題，棄此就彼，何去何從，得費上許多的心力。人人都需要朋友，最好的當然是終身的朋友。怎樣

斷定他是終身朋友呢？在你緊要的關頭，他能理解你的當急之務；他能誠心誠意爲你祝福，爲你讓步，不管是一個月，六個月、甚至一年。在這緊要關頭，你還有一件需要關心的事：儘可能減少生活中的不愉快，特別是有些難於避免的是非恩怨。人非聖賢，很難沒有情緒的波動，久久靜不下心來，呂洞賓的好意不見得人人欣賞。在生活中學習教訓，在寫作中學習生活，也是天大的好處，不要錯過了這個寶貴的機會。

如果你不是一人獨居，你因寫作造成的不正常的生活習慣，一定要與你的伴侶、孩子，或者室友詳細解說。其中的困難，一定要用心商量，確實解決。他們可能對你早已抱怨連連：你把衣鞋丢滿一地，碗盤一個月不洗，稿紙在餐桌、地板上堆積如山，半夜三更還亮著一盞長明燈……，他們不能忍受，你也不應該視若無睹。爲了結束大眾的痛苦，你必需採取行動，加以改善。即使你自己願意臥薪嚐膽，別人可不想陪你受罪。

■怎樣避免分心？

除了人事的騷擾，在寫作過程中足以讓你分心的事物還有很多，諸如你個人生活中的不如意，工作計劃的不能執行等等。每人對煩心事有不同的忍耐力，有人天塌下來也無動於中，有人只要一隻蚊蟲嗡嗡地叫上幾聲，便失去了思考的能力。因此你必需清楚你工作環境的利弊。你有足夠的資源嗎？它們隨手可得嗎？你每天要花費多少時間尋找你的鉛筆、橡皮擦、磁碟片？你會不會因爲一則筆記的失蹤把全家翻江倒海？等你找到它時，你已精疲力竭，神志渙散，要寫的東西也已忘得一乾二淨！

亂象必需控制。五十頁的手稿已夠你煩心，別說案頭、枕邊，身上身外，一些說不清的瑣碎事。你的文具、參考書、字典，必需取用方便。你的書桌不必一塵不染，但至少不要窩藏蟑螂，當你靈感到時，至少還有一個乾淨的桌面可以使用。別把你的房間（假如你有一間）變成大海，讓一切放進去的東西，包括手稿，都失去蹤影。假如你不善於組織，你可以拜託朋友、親人幫忙——把文件分類，把電話關閉，把你寫過的章節做一表列，以便追蹤。如果這一切都不生效，你仍然在混亂中掙扎，你不妨——這是美國家境較富裕的學生的習慣，臺灣尚不流行——去找心理治療師談談，聽他解釋什麼是「天作孽」，什麼是「自作孽」，人怎麼會自己製造困境，破壞自己的生活，讓自己過不下去！

想想看，你工作的方式是否得當：你一天中哪些時段可以寫作？早晨、中午、晚上？每次寫作究竟用上多少時間？大多數的人會在書桌前一坐四小時，但他們承認每次真正拿起筆來，恐怕不到三十分鐘。這不是你的時間不夠，而是你寫作的效率不高。你每次動筆，大概都希望寫點有用的東西，但事實卻不然。你所謂的四小時是名符其實的「寫作」嗎？還是大半時間都浪費在其他的事情上？譬如說「閱讀」？在撰寫畢業論文期間的研究生最常見的現象是閱讀過多，而不是閱讀過少。在寫作的壓力下，他們常用閱讀作爲一種散心的打發，或者把閱讀當作幌子，暫時逃開現實。另一種可能，是認爲「假如我讀盡一切有關的書籍，我一定能包羅萬有，寫下天下的至文，令人刮目相看。」放心吧！不管你多賣力，你不可能讀盡一切的書籍，而且，坦白說，你也不會因此爲自己的論文開創一個全新的局面。你對文獻的熟稔，一定有人對你刮目相看，你自己也一定感覺很好。然而話說回來，這種虛榮感卻無助於論文的完成。適可而止吧！天下好書美不勝收，請回過頭來，別念念於旁人的成就，了解自己，支持自己，寫下自己的思維，才是你的任務。

■ 怎樣控制時間？

談到寫作的效率，亦即是時間和速度的問題，有如一部每小時六十公里的汽車，四小時後應當完成二百四十公里的旅程。寫作當然不能與駕車相比，但若作者四小時內只執筆三十分鐘，其餘的三個半小時完全無補於任務的達成，如此低落的效率，他必需予以正視，如不儘快改善，論文的截止期限一定會被他錯過無疑。

再者，前面說過，即使速度正常，有人卻會停留在原地，團團打轉，一無進展。那是時間另一類的浪費。這種作者通常都很用功，四小時的寫作，他會足足寫上三個半。可惜的是他的文稿，仔細讀來，內容大同小異，他只是在不同的地方，選用不同的語辭，和不同的證據，說明相同的一件事實而已。他很可能是今天所謂電腦協助寫作下的受害者之一。當他寫盡了心中的點子，再度回到網路上的智庫，便把其中某一個單元重新分解、組合。這種把舊有的觀念一再的炒作，原地踏步，實是論文寫作的一大禁忌。這位學生遲早會發現他的錯誤，然而卻已經浪費了許多的筆墨和時間，座旁堆積如山的草稿，都是他用寶貴的時間換來的無用的垃圾。

這類時間的浪費，有一個突出的形象，可以稱之為「Penelope Effect」或「朝織夜拆效應」。大家都知道Penelope是荷馬史詩中一位貞潔的女性，她是英雄奧德賽的妻子。她的良人流浪在外二十年，人人視之為寡婦，求婚者絡繹不絕，但她執意等候，只推說有一匹布，不到織成，不能嫁人。她的織布，其實是白天紡織而夜間拆線，使工作永無完成之日。根據我們實際的了解，有些畢業論文的作者的確在做這種「朝織夜拆」的行動。他們執有各自不同的理由，但不約而同地把今天寫好的文章，明天認為不夠好，遂毫不吝惜地一股腦兒扔進廢紙箱。他們的廢紙越來愈多，而論文的篇幅，卻一無增長。做這種傻事的

人，常是一個完美主義者，帶著幾分「止於至善」的勇氣；再不然，他相信寫作有一種特定的方式，只是還沒有被他發現，因此不惜一再磨練，相信有一天會水到渠成，轉敗爲勝！

還有一種人，這可能是心理治療師最感興趣的一類了：他對論文抱有高度的矛盾感，他並不知道爲什麼「拿學位」是他生命中最高的理想。他的遲疑，一定有較複雜的心理因素。假如你察覺你有一點「朝織夜拆效應」的傾向，不必浪費時間去追問根由，趕快強制自己面對現實，打破原地迴旋的僵局。寫作沒有一定固定的方法，實際上也不會有盡善盡美的一天。假如你認爲你寫的東西不夠好，放在手邊，不要丟掉，有機會請人看看，讓他們表示一點意見。天下沒有糟到不能用的東西，加以修飾和增補，常會顯出一幅全新的面貌。

爲了善用時間，節省能量，我還有一個忠告：不要放太多的材料在你的論文裡；別把一年可以結束的論文寫上三年、五年，你會後悔的！我知道你讀書愈多，你愈有話要說，那是正常的事。但考慮：一、論文只是你學術生涯的第一步，留點文章以後再寫，有何不好；二、你想說的話，在這個階段中，十之八九是別人說過的，堆砌在你的論文中，充其量不過賣弄你的博學，卻不能增加你論文的價值。論文的價值在你的洞察力和思想傳遞的技巧，不要太倚賴篇幅和古今大師的引文。至於論文的長短，完全操縱在你的手上。太大的篇幅不惟耗時耗神，還給人雜亂臃腫的感覺，和懷疑你是否有精簡、選擇的能力。我在第一章裡說過，論文應當夠長，把你該說的話說盡；但不要太長，把你的口試委員惹毛了。現在我要再度強調，最理想的論文，是你的口試委員們所能接受的最短的論文。我在國內外曾參與過數十次的學位考試，我只聽到對太長論文的抱怨，而對較短論文的非難，則從未有聞。這件事實所代表的意義，已盡在不言之中了。

關於論文的Deadlines

論文寫作期間對時間的控制，只有一個目的：別錯過了論文的截止期限。Deadline在英文裡是一個可怕的字眼。它的原意是「死亡之線」。在軍事監獄裡，那的確是一條生死界限，越此一步的逃犯，可以被獄卒格殺不赦。這個字在中文裡失去它原始的意義，但其可怕的程度，放在論文的交卷上，一點也不稍減。每所大學都有它自訂的deadline，一但錯過，你只能等待六個月或一年之後再說！

既然截止日期這樣重要，為了確保你能準時畢業，你的系所，甚至你的指導老師，都可能額外再給你一個日期，希望你的論文能在學校公訂的日期以前呈繳到案，而萬無一失。人之常情是不喜歡被人綁住的，而截止日期的用意正在要你乖乖就範。在你寫作的後期，導師與你之間的談話一定會愈來愈集中在時間的掌握上；你一定也會開始感受到deadline的壓力。你與其接受學校和導師給你的壓力，我建議你不妨把它轉換成內在的自我約束。你這時最好為自己另訂一個時程，不是全部論文何時竣工，而是每章每節都有一個完成的日子，清楚的標示在日曆上。你把範圍縮小了，任務減輕了，如此一來，你不惟可以應付裕如，你還能借著deadline的壓力，增強你寫作的動力，全面控制了你寫作的流程。這樣一來，你實是轉守為攻，轉敗為勝，不失為一個絕佳的好主意。

外在的壓力，是校方行政上的一個措施，它把你處於被動的地位，對你卻一無關心。內在的壓力則不同。它是你自己合理的要求，是你工作分期的規劃，而你也有從寬和從嚴的選擇。在工作的初期，你最好從寬。你若預估某一章節需要一個禮拜的時間，你不妨給自己二至三個禮拜。如果你提前完成了，豈不更好！重點是，你因此可以按步就班，指揮若定，憑空給了自己增添了許多慶功的機會，而沒有任何懲罰的意味。

說到懲罰，難以置信的，的確有人甘之若飴，認爲是達到目標的不二良方。他們會把這外在的壓力，變本加厲地放在自己身上。古人懸樑刺股，臥薪嚐膽，便是這種心態具體的呈現。他們以爲不如此做，不足以顯示他們的誠懇，也想藉用這種內在的鞭策，取得一些工作上的成效。這種苦行思想其實很不合乎時宜。懲罰的功效，不論在實質和精神上，都不能與獎賞相比。這點我們在第四章「怎樣鼓勵自己」一節中曾經談到。這種正面鼓勵的行爲原則，是在任何情況下不宜放棄的。沒有人眞正厭惡工作；然而最好的工作，必需是人力所能及，而且不能沒有幾分人性的溫馨。

給自己訂的deadline可以有很大的伸縮性。三個星期寫一篇緒論，應該十分充裕。即使超過了幾天，你也能從別的計劃中搶救回來，不會造成嚴重的傷害。你也可以安排小型的deadlines。例如：「『全民大悶鍋』開映前，我一定要寫滿一千字」，又如「這個周末，我必需完成第三章的第二節」。限期如此迫近，而要求又如此單一，你一定會挽起衣袖，摩拳擦掌，歡喜達成！

有人對deadline十分反感，即使那deadline是自己定下的。假如你眞有這種個性，你恐怕需要考慮延遲半年或一年畢業。如果不願意拖延，那麼不妨想點辦法征服心理上的障礙。事實上，這種障礙的發生常常是間歇性的，在適當的時段中，快馬加鞭，你仍有完成論文的機會。想想這些deadlines，其實是爲了自己的方便，和達成生活中的某一理想而設，稍稍爲它們受點委曲，做點讓步，還是值得的。

論文是一件長時間的工作，不宜日以繼夜地操勞，而沒有適當的舒解。一旦你把工作規劃妥當，淡化了deadline的壓力，你也許會得到一些難得的空隙，爲自己做點保養的工夫，例如散步，慢跑，游泳，做瑜珈，或者種植幾株賞心悅目的盆景，放在窗口，看花葉的生長，享受自然奇異的力量。偶而也可以約幾位好友，吃一頓豐盛的晚餐，或者聽聽音樂，把自己寵一寵。一般論文的作者，太認眞於寫作論文，太不照顧自己的生活，以致造成許多生理和心理上的失衡。我認爲只有一個吃得好，睡得飽，有足夠的自信和健康的人，才能寫出一篇朝氣蓬勃，富有生命力量的好論文，不惟不負學術界的期許，也達成了個人生活中值得欣慰的理想。

說穿了，寫作也是生活的一部分，應當妥善處理，盡情享用。不必走上臥薪嘗膽、懸梁刺股的絕路。爲自己作最好的安排，既顧及寫作，又不犧牲自己的生活，更不要讓你親愛的家人陪你受罪。這才是聰明的辦法。

從初稿到定稿

■為什麼要「修改」？　■怎樣修改？

■修改備忘錄　■修改 vs. 創作

■定稿 vs. 眞相

從初稿到定稿

到現在為止，你已經歷了論文寫作許多重要的階段：從一個單純的思想，到豐富但煙霧迷濛的「零手稿」，到雲開見日的初稿，你的下一步，將是把這最後的戰場收拾乾淨，重分疆土，還給論文一片錦繡河山的眞面目，和具有意義的新生命：這便是你夢寐以求的定稿。

從初稿到定稿，雖然一切資料都已掌握在手頭，卻不是一件一蹴可幾的事。只是幸運的是，它有一個公開的密方：修改（revision）。不是一次的修改，而是無數次。換句話說，從初稿到定稿，還得經過「n」次的修繕才能達成。這件工作，事實上是任何寫作必經的過程。根據我們實際的經驗，一如美國詩人Elizabeth Bishop的故事（見第四章第一節），一篇文章，一首詩，在初出作者之手時，未必都精彩生動，它經過一再的修飾，增刪改寫，才把它變的更清楚流暢，而沒有生吞活剝、辭不達意的弊病。

■為什麼要「修改」？

一般人談到「修改」，立刻的反應，多半是第一次寫的東西不對；假如我第一次就寫對了，今天就不會有修改的麻煩。事實正好相反，假如你反覆閱讀自己的初稿，覺得其中有若干應當再事斟酌的地方，你的文章大約在某種程度上「寫得還不錯」。人們都喜歡錦上添花，修改不過是讓你的文章顯得更得體，更能達到預期的效果。它是止於至善精神具體的表現，必需認眞看待。

上到大學研究所的學生都寫過不少文章，大家對修改都會有一定的感受。就我個人年青時代的回憶，和我今天所見到青年學生輩的作爲，修改好像從來便不是一件太受歡迎的事情。充其量在文稿完成時，稍稍做一點剪裁和校對，便是所謂的「修改」了。在一般人眼中，過份的琢磨，等於咬文嚼字，不値得讚美，甚至還帶來學究式的冬烘的聯想，令人卻步。很少人會把修改的工作和文章的好壞當作一件息息相干的事情來看待。除了專業的作家，很少人曾意識到，寫作原來一如其他的工作，需要全心全意的投入。大多數人都知道寫作耗時又耗神，除了疲勞和厭煩，恐怕還有一層潛伏難言的苦衷：你已竭盡所能，你不相信你會有更好的話要說，你也不明白爲何你剛剛寫過的東西必需再動手腳，甚至考慮拋棄。你希望白紙黑字，一了百了。你既已做完了你的工作，你大可以高枕安眠去了，幹嘛還要自找麻煩，挑自己的不是。而且，如此認眞的追討，誰知道會不會最後認爲自己的文章只是一堆廢料，一無可取！

修改有許多理由，不一定是對不對，或者好不好。對與不對，好與不好，是所有作者都關心的事，但作爲作者的你，只管得了它的一半，另一半的評價得交給讀者，因此你的修改，必需包含語言和讀者的反應在內。

說到語言，人人都有一套自己私人的語言（private language）。

我們靠這私人的語言，界定身份，結交朋友，樹立自己的風格。但當你寫作而發現有人看不懂、或者誤解你的文章時，你才察覺自己的語言有時並不敷用。通常我們私人的語言可以在私下的社交中應付裕如，因爲我們的社交生活有選擇的自由。即使有人聽不懂，天知道，這說不定是我們蓄意的安排，多少給自己保留了一點「隱私權」。然而在寫作的天地裡，你應有不同的考量。你的寫作，尤其是畢業論文，最重要的是說清楚，講明白，任何程度的隱晦，都是不能接受的。放棄隱蔽，門戶洞開，把自己赤裸裸地呈現在讀者的面前，一般人都會感到幾分不自在，擔心有被攻擊的可能。因此不少人寧願躲藏在幽暗朦朧的角落裡，保障自己的安全。這是人之常情，不足爲怪的。

然而寫作卻有一套不同尋常的倫理觀。美國寫作界曾流行過一句名言：「假如你想做職業作家，你得有在觀眾面前脫得精光的勇氣。」論文的寫作要求你把一切交待清楚，甚至袒裼裸裎，在所不惜，儼然一幅「職業訓練」的模樣。它要求你對自己有信心，並有勇氣接受批評和挑戰。這時你的語言如果自覺不夠靈活，你得加以鍛鍊，或者另闢蹊徑，使你能更接近於前面（第五章第四節）所介紹的學術語言（academic language）的標準。那是一種講究客觀、坦白，而仍不失個人風格的語言，這種語言，事實上，是所有作家所必需遵守的共同語言（common tongue），它除了把思想交待清楚，瞭若指掌外，還能蓄藏趣味和力量，傳遞你謙虛、中庸的學者風度。從零手稿到初稿到定稿，這種語言上的轉換，便是修改時一個重要的焦點。

■ 怎樣修改？

剛才我提到某些對修改論文感到厭煩的人，但事實上，卻有不少的人，包括我自己，卻喜歡修改勝於創作，因為這時網羅資料的辛苦和尋找靈感的壓力已經過去了。尋找資料和靈感是藝術，需要高度的創造力，而修改則近乎匠心，沒有創作的艱辛。這時你幾乎會有一種「旁觀者清」的感覺，能不費吹灰之力，指出一些文字上的疵瑕和提供客觀的建議。這種以旁觀者的眼光來看自己的作品，是一種享受，透明而開放。有些地方你一看便知理論雖強，而證據不足；有些地方觀點似乎過於僵化，缺乏說服的力量；有些地方似乎應該換一個角度，以擴大你的視野……。這種種客觀的思維，常能為你的論文增加深度，有時還有畫龍點睛的效果。假如你用這種心態從事修改，你不惟能把論文變成更豐實，更靈巧，還能把自己

更深一層投入你的研究，顯示你高瞻遠矚的眼光。一旦你明白了修改的妙用，你便會開始認真地把鬆懈、散漫的初稿，整理成有條貫，有組織的論文，而彈無虛發。

論文由於它龐大的篇幅，如果處理不當，很容易給人雜亂無章，和東拚西湊的印象。縱然你一開始便有一份完整而精細的大綱，但每天資料的增加，和自己觀點的改變，在在都會使你的大綱扭曲變形，或者架構不堪重荷，而有癱塌的危險。論文的作者除了每天一、二小時的執筆書寫，大部分的時間都花在讀書和思考上面，當然是滿腦子的主意，這正是修改之所以是一個必不可少的另一原因。

你滿腦子的主意是件好事，宜善加利用。你常會從中得到一些意外的靈感，強化你原有的思維，或者發現自己過去的矛盾和輭弱。在文字上你也會找到一些雖然寫得蠻不錯的句子，但卻顯然放錯了地方，沒有讓它發揮最大的功效。同樣的狀況也會發生在某個段落，或者某個章節。這時你需要在組織上加以調整，做點剪貼和刪刈的工作。例如你會訝然發現某一段精彩無比的辯論，怎麼會被放在第四章裡：它應該無條件的屬於第二章，替緊接在第三章的理論，預先打下了良好的基礎。

上文說過，論文的困難在於它龐大的篇幅，而這龐大的篇幅必需由作者自首至尾，做全盤的照料，其工作的繁重，是可想而知的。而他之不可能在第一次操作時，便把事情處理妥當，也是可以理解的事實。研究生寫過許多讀書報告，有些報告很可能長達四、五十頁之多，這種篇幅當然也不是容易應付的，但至少它的論點可能只有一個。畢業論文與讀書報告相比，有了顯而易見之不同：論文的每一章都是一篇讀書報告，而論文之中章與章的轉接，跟報告中段落與段落的轉接，其複雜的程度要高多了。許多言語與觀念上的重複，在報告中不難控制，在論文中卻不是一眼可以看見的。我有一位學生在他的博士論文中把同一引文在不同的地方引用了十二次之多，這是他在讀書報告中不可能犯的毛病。

文章中的一致性（consistency），諸如語調、語彙、語法和你自己的立場……等等是一篇好文章必不可少的條件，然而卻不是一件容易掌握的事。篇幅愈長，寫作的時間愈久，它們之間的關係也就愈加混亂，假如這篇文章你花費了半個月的時間書寫，你說不定還得再花上半個月的時間，加以整理。假如至今你還沒有做過修改的工作，現在是開始的時候了。

■ 修改備忘錄

前面所談到的修改，雖然多集中於作者心理上的種種反應，但它也是一個相當技術性的問題，其範圍和目的都是顯而易見的。下面所列，只是一些有用的建議，作爲你修改時的參考：

1. 修改時最好以一章或一節爲單元。此時不必太斤斤計較於論文的形象，因爲全論文的形象不到你的修改大致完畢，不會清楚的呈現。
2. 緒論和結論的修改最好留待最後。
3. 當你對某一章的內容或者某一段的議論感覺不夠滿意時，你最好替它們各寫一個大綱或者摘要，看看能不能用簡單的文字，把它們的主題交待清楚。當你書寫大綱時，你比較容易抓住問題的核心。
4. 你的「大綱」愈短愈好。例如你某一章節中有四個段落，試圖把每一段落的內容，用一個簡單的句子來表達。假如你辦不到，你便會知道這個段落可能有點雜亂。用一個簡單的句子來包含一個段落的內容，從你連續性的四個句中，你會很快偵察

到這一章是否有邏輯或聯貫性的問題。

5. 對個別的字和句暫時不要太費心思，留到最後不遲。除非這個字或句在你的章節中佔有關鍵性的地位，你當然得馬上處理，不容等待。
6. 同樣的理由，段落與段落之間的銜接，也不妨等到最後，因為每一段落的去留，以及它們會否遭遇到重寫的命運，此時尚無定論。你銜接的工夫做得再好，都可能變成無謂的浪費。
7. 不要忘記了修改過程中的一句金玉良言，「少即是多」（“less is more”）。畢業論文的作者最容易犯的過錯在求多，他們以為「多即是美」（“exuberance is beauty”），在論文的寫作中，這個觀念必需加以調整。在文字上，論文中有許多字眼，例如形容詞和副詞，或者過多的評語，如果沒有必要，宜儘量刪除。
8. 朗誦你的論文，你會「聽」到一些刺耳和一再重複的語詞。我們的聽覺能勘察別人語言上的優劣，也會發現自己的長短。
9. 讀者很在意你論文每一頁的編排，如果你的某一臃長的段落霸佔了全頁的面積，他會感覺到閱讀的辛苦。假如你的段落出奇的短小，又會給人以馬虎、草率的感覺。
10. 假如一個老長老長的句子能把你的臉孔漲得通紅，你知道你應為它加上幾個逗點；再不然，該把這個長句子改寫成幾個短句。
11. 有人特別愛用某幾個字眼，或者標點符號（例如驚嘆號）。設法減少。適當安排你的句法，最好讓它們參差不齊；我們很容易傾向於採用句子固定的長短結構，這在閱讀上會給人單調乏味的印象。

12. 你手頭宜備有許多種類的字典，包括同義字典、外語字典、文法書，和許多種格式的參考書。中文的同義字典到今天還不發達，不妨買一冊英文的Thesaurus，透過英文的同義字，你會找到許多不同的字彙，來傳達同一概念。例如thesis（論文），dissertation（學位論文），paper（議題），proposition（命題），treatise（論述），topic（論題），theme（主題），等等這樣多的變化，可以增加你用字時的選擇，而不至於捉襟見肘，反覆使用同一個字眼。

少用臆測，多用字典，中文的、英文的專業辭典，長置案頭，隨時翻閱。網路上的資料、百科全書等，也不要忽略：

http://etds.ncl.edu.ttw/theabs/iindes.isp（全國博碩士論文資訊網）

http://en.wikipedis.org/wiki/Main Page

13. 修改論文有時像清掃閣樓上的廢物，愈掃愈多。這多半是你花了九牛二虎之力搬進來的東西，現在才知道一無可用。不要難過，盡量掃除。這裡我要再度提醒你，在論文的寫作中，乾淨俐落，是最重要的原則；堆砌逞能，只能弄巧成拙。

14. 記住：單純的文字，常是最好的文字。陳腔濫調，或故作高深，都是文字上的贅疣。

15. 當你修改完成後，再讀一遍你的論文；你會訝然失驚，你如此仔細核對過的文章，居然還有這麼多的錯誤，和不得體的地

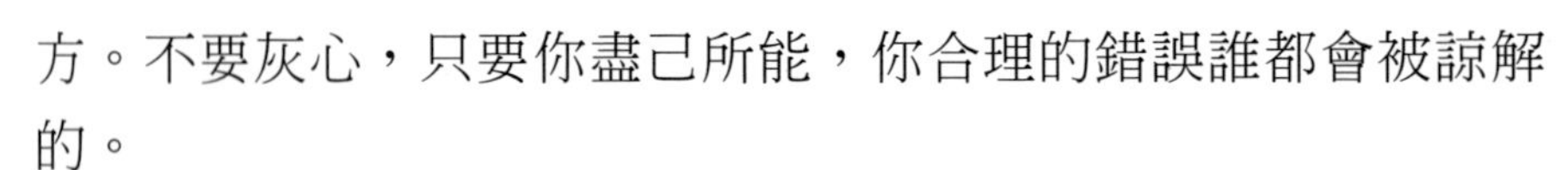

方。不要灰心，只要你盡己所能，你合理的錯誤誰都會被諒解的。

16. 記得Bishop的小詩嗎？她短短十九行的詩，一共寫了十七個版本，才打住手。

17. 最後，也算是一種阿Q式的「勝利」吧：你論文的修改大概永無完成的一天，當交卷日子到來時，焚香默禱，把這嬌貴的女神，穿戴整齊，送出門外去，道聲珍重！

■ 修改vs.創作

當你明白爲什麼要修改，並正式啓動修改時，你可以盼待論文不久就要誕生了。這的確是一件天大的好事。不過好事多磨，你恐怕還得有幾分忍耐。修改需要你再度思考（rethinking），重新書寫（rewriting），直到你認爲實在差不多了，才自己喊停。這無疑是創作過程另一形式的開端。有人對修改習以爲常，可以單槍匹馬，在自己的文章中披荊斬棘。但多數人卻需要一點外力的指引。例如他需要朋友提醒他：「你這段文字有點含糊。因爲，坦白說，我讀了三遍還是不懂。」又如：「你第二頁和第五頁之間的論調有沒有一點矛盾？」朋友們點點滴滴的意見，一定會使你更了解「說清楚．講明白」的重要。

在實際的修改過程中，有人喜歡分門別類：先看全盤的結構，再看邏輯的連貫，再看遣詞用字……等等。有人卻喜歡在校閱時，同時照顧一切的問題，滴水不漏。不管你採用什麼方式，最好把每次閱讀時發現的問題，清楚記錄下來，能改正的，立刻改正，牽涉較廣的，等到更多相關問題浮現時，再一次予以處理。這些筆記可以寫在稿頁的邊緣上，可以寫在拍紙簿上，也可以記錄在電腦中，但務必加上你的按語，和怎樣處理的打算。你的校閱會反覆進行到第「n」次，而你不可能記得每次的想法。

試回想一下你零手稿的階段：那是一種隨心所欲的自由書寫，你接受一切湧到心頭的思維，沒有順序，沒有選擇，也沒有章法。在修改期間的「創作」則不同了。你必需理性的看待一切：你的立場，語調，措辭，論點，該說什麼，不該說什麼，……在在使你慢下腳步。當你處理零手稿時，你的目的是要了解自己；當你進入初稿階段後，你的目的改變了，你無處不希望別人了解你，不能有半點的隔閡。

爲了打破隔閡，你需要用力的修改。你不能因爲疲倦而作罷；不能因爲問題太多而置之不理；不能「幻想」你的論文寫的不錯，便自以爲滿足。你累了，便應該休息，或者換一件工作去做，例如查查引文的正誤，暫時轉移一下注意力。我們都很容易有一種天生樂觀的如意想法，以爲這一段我自己都讀不懂的文字，說不定有人會懂，甚至會以爲是妙文！在長時期的修改中，你會感覺懨煩和精力耗損，你也會慶幸你的思想有了較深入的體認。這種欣慰是

你論文完成前最大的成就感；你知道這一篇屬於自己的論文，不久眞的要「出爐」了。

爲了使修改順利完成，你也可以訂下若干條短期的deadlines，例如你要求自己在午飯以前完成修飾某一章節；或者要求在今晚入睡前，校正完畢全書的標點符號。一般來說，疲勞和懨煩的確是這一時段內呼之即來，揮之不去的座上賓，只要你堅持到底，一切都會圓滿閉幕。

■ 定稿vs.真相

畢業論文最高的理想是傳遞眞相。這話是不錯的。這種對眞相的追求，在你論文一起草時便已開始了。只不過在你撰寫的初期，你不一定知道什麼是眞相（truth）。你最多只能說你「假設」什麼是眞相，而你想透過寫作的努力來證明你的假設。在第一章中我曾說過，寫作是探索的工具，也是思維的方法。你在寫作中揣摩你的預測有多少眞實性？你的研究可能有哪些弊病？你對研究的成果有多少信心？在研究過程中你將採用哪些材料？放棄哪些材料？當你一旦著手於資料的運用時，你已在處理眞相的問題，分辨何者爲虛構，何者爲僞證。例如當你研究的是一部有關音樂的論文，你所面對的作曲家，可能自稱他的作品來自聖靈的啓示，而其實只是爲了市場的考量而編織出來的神話。在追求眞相的道路上，我們會遭逢到許多這類的陷阱和挫折，有些爲我們所熟習，有些則一無所知。因此我們對眞相的認識和描敘，應當採取十分謹愼的態度。

在你自己早期的手稿中，由於無數次的修改、增刪、剪貼，你可能會感覺到它不很自然，離開了你一心求眞的原意。不錯，與你隨心所欲，信筆書寫相比，這些經過修飾的文字，的確不再自然了。不過它們是否便不再眞實了呢？那倒未必。你的修飾，由於有導師或其他旁觀者的督促，常常會刪去一些你認爲有趣而別人認爲不恰當的東西，那些不恰當的東西也許眞於你私人的感受，卻不眞於客觀的事實，因此你的修正，雖偏離了你的意願，卻可能較接近了歷史的眞相。這時你會覺悟，爲什麼有些話値得保留，有些卻必需刪除。這些被刪除掉的東西，常常都是些可能引起爭議和有欠公允的言論，那麼，這樣的修改，也許失去了一部分你所認爲的眞實感，卻接近了更爲客觀的事實。

這無疑是你個人面臨考驗的重要時刻。在你的論文中，哪些議論站得住腳，値得保留，哪些議論不過是你的如意算盤，必需刪除。這些判斷會影響你論文的品質和可信度，你必需掌握自己的思路，不能盼望別人有一天會「猜出」你的心意。從這些努力中，你會知道寫作和修改原來是兩件漸行漸近的程序，它們的終極目標，是讓你和你的讀者更了解眞實是什麼。

寫作和修改是你走向求真之途的嚐試。每次的修改，你都可能找到更多的錯誤和必需重新遣辭的地方。然而殘酷的事實，是無論你怎樣努力，完美無瑕的理想，大約只能遙遙領先地走在你的面前。你唯一能做的，不過是希望你的論文在你的努力之下，能呈現出它最持平的面貌；在你讀者的前面，能心平氣和，侃侃道出你最公正的聲音。

論文的完成和口考

■馬拉松和論文的寫作　■再接再勵的準備
■什麼是完成的論文？　■參考書目的編列
■論文的裝訂　■怎樣處理論文口試
■最好的論文是通過的論文

論文的完成和口考

■馬拉松和論文的寫作

假如你曾經參加過馬拉松長跑，或者在接近終點處，觀看過一場比賽，你可能會注意到一個詭異的現象：有些氣喘如牛，汗如雨下的運動員忽然在此時慢下了腳步，神色沮喪。他們不惟感到精力已經用盡，還失去了繼續跑下去的意志。這是個難於相信的狀況：當一個長跑健將在他幾乎要到達目的地時候，會晴天霹靂般感覺到一陣子的絕望，而不是希望；會生起放棄，而不是堅持到最後一刻的念頭。在體育的世界中，運動員需要接受許多的訓練，其中最重要的一項，便是教練每天對他耳提面命的一句話：「不管事情有多糟糕，你一定要咬緊牙關，奮鬥到底！」

論文的寫作何嘗不然。長跑健將矛盾反覆的情緒，對論文的作者來說，應當不會陌生。例如在寫作期間，你便會有時覺得自己寫的東西「棒極了！」有時卻又覺得它不值一笑，扔進垃圾桶裡。事實上，反覆無端的情緒，在我們日常生活中並不鮮見，尤其是具有特殊重要性的事，例如結婚，從軍，或者上研究所。上研究所，並以學位為目標的人，通常都得用上三到五年的時間，有人喜歡速戰速決，但也不可能少於二至三年。那仍然是一段漫長的日子。當你經過層層的考驗，進入論文的寫作，尤其是論文快要完成的階段時，你可以說有無比的欣慰，但也飽受了煎熬，心中一定有說不完的複雜的情緒。正如馬拉松跑道上的運動員，你可能會在一剎那間，感到一種精神上的崩潰，不知道自己還有多少餘勇可以跑完全程，甚至不知道這場競賽究竟還有多少意義！這與已經跑過二十多英里的馬拉松健將一樣，在若隱若顯、似幻似眞的終點線前，不自覺地失去了理性。在美國，許多論文指導教授都有同一種經驗：在論文只差百分之五即將完成的研究生中，不少人緊急踩下煞車，宣告：「我決心不再寫下去了。」

也許臺灣教育界的壓力沒有那麼大，這種中道而廢的不幸事件，在這裡並不多見。長跑的終點，對一個運動員來說，無論在生理或心理上，都難免有精疲力盡，悵然若失的感受，一時的沮喪，應是自然而健康的事。然而這對一位論文的作者而言，卻是一個極爲重要的關鍵時辰，這時你應牢牢記住體育教練的那句話：「不管事情有多糟糕，你一定要咬緊牙關，奮鬥到底！」

■ 再接再勵的準備

好在臺灣的研究生，一般說來，比較理智，在艱辛的工作告一段落時，他們雖然也會感到困頓，但多能找到足夠的理由，爲自己開心地慶賀一番；感到困頓的人，懂得在此時韜光養晦，靜候陰霾的日子成爲過去。這兩種反應，都有一個共同的目標，那就是：再接再勵，完成論文，迎接期待已久的勝利，不要因爲一時的衝動，

功虧一簣！

我在第六章第一節中曾提醒過你，在論文進入初稿階段後，你必需重新檢討一下你寫作的方式和速度，以求配合論文的完成，因爲此時你極需重新建立一個步調，足以走完一條距離終點還不算太短的路程。

然而此刻，當論文的工作即將接近尾聲，你該怎麼辦？信不信由你，所謂的尾聲，並不意味著你的工作已接近於零；相反的，這時還有許多你意想不到的事務，包括口試在內，都在等待你的應付。爲了把一切收拾得徹底乾淨，終結一場長期的抗戰，你應在小事休息後，鼓起餘勇，躍身而起，承擔更大的負荷，工作比以前更加賣力。你可能會出乎意料之外，你的工作雖多，但最後的一個月，或者兩個月，會把你變成一個超人。英國的強生博士（Dr. Samuel Johnson）曾說：「一個人若知道他兩個星期後會被處死刑，他的心再也不二用了。」你的最後一兩個月，假如眞的心無二用，你不知道會做好多少事情，超越多少障礙——不管那是心理的，生理的，還是你所最關心的論文的。這時你甚至會雄心大發，許下意願，著實修飾一番論文，把他變成你畢業那天最大的驕傲！

在這一階段裡，你手頭的瑣務事，其實還夠你受的，因此你必須狂風掃落葉，施展你心無二用的魔力。這些瑣務事包含校對文字、統一格式、登錄參考書目，並檢查每頁的註釋，如果你有份量較大的引文，你可能還得考慮版權的問題。每家書局，特別是美國的出版業者，都有自定的一套法規，若想取得他們的同意書，還相當耗費時日，故宜儘早進行。不過這些瑣事並不一定得你躬親操作。好言拜託你的親朋好友，學弟學妹，請他們喝杯咖啡，或者保證有一天他們需要你幫忙時，你一定加倍償還，他們中間一定有人會樂意爲你代勞。在文字的校對上，別人的代勞，往往會比自己做得更好。因爲長期反覆閱讀自己的文章，你會由於太過熟習而變得麻木，發現不了顯然的錯別字，和可能本末顛倒的段落。

然而即使這些任務都達成了，你的「定稿」仍然不是一篇完成的論文，可以交呈給口試委員們去評閱。

■ 什麼是完成的論文？

定稿，誠如前章所說，是你個人爲某一特定問題尋求眞相所作最大的努力。它包含你論文全部的內容，從第一章的緒論，到最後一章的結論，缺一不可；但要給它一個完整的形象，你還得在「緒論」前面加上至少五個項目：一、扉頁，二、授權書，三、摘要（附英文），四、誌謝書，五、目錄（附圖表目錄）；而在「結

論」的後面至少加上參考書目、附錄，和一份作者簡歷。下面是這些項目分別的說明，和一些必須注意的地方。

1. 扉頁

扉頁是論文裝訂成冊後開門見山的第一頁，其重要性可想而知。它容納了所有與論文有關的重要資訊：論文的全名，包含英文的翻譯，學生和指導教授的姓名，論文呈繳年月，頒發的學位和頒發學位大學的名稱。由於它地位的顯著，許多大學甚至爲它做了特別的設計，以求突顯該校的風格。研究生最好在論文完成前向校方詢問清楚，取得樣本，以便採用。如果你的大學並無特殊的要求，你則可以參考本校前屆畢業生的論文，作爲榜樣。事實上，你將會發現，不論誰的扉頁，都大同小異，只要列入前面所說的資訊便可。唯一可能惹麻煩的，是扉頁中間一段短短的英文文字，說明本論文只是授與學位的部分條件。這段文字是因襲英美大學的傳統，非我們的本土所有，你可以採用，也可以不用。但你若引用時，千萬注意拼音和文法，不要錯誤百出，有損學位論文的尊嚴，反而不好。

扉頁中英文文字標準的書寫，應如下文，而置放在學生姓名的下方，繳交年月的上方，同時向左看齊：

A thesis submitted in partial fulfillment of the requirements of the degree of Doctor (or Master) of xxxxxxxxx awarded by the University of xxxxxxxxx。

2. 授權書

授權書的目的，在將作者有著作財產權的論文全部資料，授與行政院國家科學委員會科學技術資料中心，國家圖書館及本人畢業學校圖書館，以微縮光碟或數位化等的方式複製後，散布、發行或上載網路。這種授權書名爲「博、碩士論文授權書」，有科技部（前國科會）科學技術資料中心於91.2.17修訂的版本。許多大學包括臺灣大學在內，也有自訂的版本，提供給學生。近來由於電子檔案上網的發達，又有一種「博、碩士論文陳列暨電子檔案上網授權書」專供國家圖書館使用，不必裝訂於論文中。這些表格都有一定的格式，可以向校方索取。同時你也可以要求兩年之後才開始授權，而表格上也會詳細註明你同意授權的新日期。假如你根本不同意，你也可以拒絕塡寫。不過本授權書，不是專屬性的，你尙保有授權與他人的自由。對一個初出社會的年青學者而言，有百利而無一害，似乎沒有迴避的必要。因爲這本論文如果出版成書，它們的著作權是完全操縱在你手中的，而它們能提前曝光，取得公眾的回應，應是件値得歡迎的事。

臺灣各大學的口試委員在通過論文口試時，通常都會當場簽寫一份「論文口試委員審定書」，說明你的論文符合博士／碩士資格標準，你也可以把這份審定書裝訂在授權書的後面，作爲一分文獻保存。

3. 摘要

摘要是全論文的大綱，是作者用極短的篇幅，把論文的重點作一全面性的敘述，讓讀者在閱讀你的論文之前，有一個期待。按照美國密歇根大學論文服務處（UMI Dissertation Services）的規定，摘要以不超過350字爲度。臺灣畢業論文的摘要，要求較寬，通常以一頁爲限，大約五百字左右。但我常見到在500到1,500字之間甚至超過三千字的例子，而校方和教育部都沒有表示任何意見。摘要的文字，看似好寫，要寫得恰當又精簡，的確不容易。爲了避免「掛一漏萬」，大多數的作者遂自我放寬了尺度。由於摘要是安置於論文的第三頁（不少美國大學也會把它放在第一頁，取代了扉頁的地位），它無疑是大多數讀者，尤其是口試委員們，首先必讀的部分，也是你給讀者的第一印象。爲了與國際接軌，臺灣畢業論文還要求摘要的英譯。不過英文寫作能力，在臺灣研究生中參差不齊。我見過好些第一流的英文，也見過不少差強人意的作品。假如你自知英文不夠理想，不妨請朋友幫點忙。這算不得作弊，因爲你根本可以棄之不顧，採取寧缺毋濫的態度。我曾見過某些知名大學的畢業論文，其中英文摘要的部分，常付缺如，雖然有違慣例，總比在文字上鬧笑話，貽笑大方好多了。

4. 致謝書

致謝書在論文的編輯中也不是必不可少的項目，假如你覺得沒有人需要感謝，你當然可以不寫，不過這不大可能是事實。在你將近一年的努力中，你一定有不少有形、無形的幫手，給了你許多實際的助力或者精神上的支持，在你論文完成時，你應該一一指名稱謝。謝辭沒有格式可循，它純粹是發自內心的感動，因此必需以「誠懇」二字作爲原則。値得你稱謝的人，一般來說，可以包括下列的人士：你的指導教授，口試委員，論文的參與者，意見的提供者，經濟的支援者，你的家人，以及任何你認爲的良師益友。在謝辭中，簡潔而莊重的語調，最能傳遞你的誠意。千萬不要在這裡伶牙俐齒，故作俏皮；也不宜滔滔不絕，大做文章。這一部分的文字寫成後，最好請你的導師過目，讓他認可。就我們的實際經驗，有些謝辭寫得實在過了頭，使他們的受謝者窘迫難堪，有失感謝的本意。

5. 目錄

目錄的部分，在你論文定稿時，應已全部就序。你只要按章逐節，一一登錄，利用數字的大小寫法和和向右縮排的方式，顯示它們的層次，並插入相對的頁碼即可。由於你的論文經過多次的增刪，實際的頁碼一定會受到影響，因此你登錄在目錄上的頁碼，務必與正文符合，些微的差錯，都會給讀者帶來很大的困擾。這種狀況若在口試時發生，也會耽誤口試的進行，並給人不良的印象，應極力避免。

今天臺灣的論文，也有不少用英文撰寫的，尤其是理、工、醫科的研究生。對這些論文的目錄，英美的大學都建議只寫作Contents，而不必寫作Table of Contents。如果另有表錄和圖錄，他們也認爲單寫Tables和Figures就好了，不要寫作Lists of Tables and Figures。當然，除非你的指導教授有不同的意見。

■ 參考書目的編列

爲你的論文壓鎖的最後一節「參考書目」，難於置信的，常常是作者最潦草的一部分。這一方面可能是經過長時期的奮鬥，至此已是強弩之末，難免有力不從心之感；另一方面，作者也有點迫不及待，希望趕快放下重擔，結束任務。如果他們沒有在這件事情上花費足夠的心力，事實上是情有可原的。不幸的是，這一部分的書寫，在論文的結構上，看似旁枝末節，在許多學者眼中，卻可能至關緊要。從這些書目中，他們會知道作者學術的水平和認眞的程度。他們不一定要求每一部文獻都是宋版明版，或者學術界的經典之作，但至少他們沒有挑選一些從書報攤上買來的毫無學術權威和價値的東西。各行各業都有它不容放鬆的高標準，學術界更是如此。因此在書目的運用上，一定要嚴加戒備，謹愼從事。如有困難或疑惑，最好向指導老師請示，以免貽笑方家。

原則上，參考書目的舉示，應當只列入在論文中曾被實際引用過的文獻，包含專書、論文、期刊、工具書等。這種書目，事實上應該稱之爲「引文書目」（references），而不是「參考書目」（bibliography），因爲後者除了可以包含引用過的書目外，還可以臚列與論文有關，而作者認爲有參考價値的資料。這兩種性質不同的書目，雖然後者不合論文的要求，但在國內都普遍存在，只是一律稱之爲「參考書目」，不加分辨，頗給人混淆的感覺。假如你的論文是用英文寫的，這二字則必需嚴格區分，因爲在英語的世界中，它們各有不可對換的意涵。事實上，英美大學只接受狹意的「引文書目」，而廣義的bibliography是極爲罕見，且不被鼓勵的。國內學者最好能理解其中的意義，而有所遵行，不要我行我素，有失分寸。

如果你的論文採用的是「引文書目」，最徹底的方法，是從你論文的第一章開始，搜尋每一頁下端的註釋，你將會得到全部你引用過的資料。它們的數字可能相當龐大，會在50到150之間。如何把他們分門別類，突顯它們的特色和功能，是你必需小心的地方。你如果把它們隨意堆陳，有如市集，給人以潦草的感覺，破壞了論文的形象。

它們的編排，其實非常簡單。但你必需嚴格遵守分類的方式進行。大體說來，這些書目不外乎原典、檔案、官書、專書、期刊論文、學位論文、網路資料……等等。每欄之內，又可以其重要性或出版年代的先後爲序。由於專書和論文的數量龐大，可以依年代，也可依作者姓氏爲序，如此一來，同一作者的著作也能集合在一起，有便讀者查閱。作品的舉示，通常以作者名在先，次及作品，次及出版地點、年份和版次。例如：

金春峰，《朱熹哲學思想》（台北：東大圖書公司，民87初版）。

近年來由於國內學術界受到西方的影響，流行一種把年代緊緊開列在作者姓氏之後，並且刪除《》和（）的符號，一則簡化了形式，二則可以在論文內引用該書時，只在行文中提起作者的姓名和著作的年份、頁數即可，例如張光直（1983，頁232）和張光直（1990，頁17），便是指參考書目中的下列二書，省卻了註釋的累贅；

張光直（1983）中國青銅時代。台北：聯經。
（1990）中國青銅時代第二集。台北：聯經。

假如同年內作者有二、三種不同的著作，則可用1983a，1983b……作爲區分。這種方式，對篇幅在二、三萬字以內的論文，非常方便，值得採用。篇幅較長的論文，爲了避免讀者前後翻閱對照的辛苦，恐怕還是以傳統的方法，在頁底作註爲好。究竟如何，你可自作決定。

以上是有關中文的部分。假如你還有英文的參考書，你可用作者的姓氏依字母的先後排序，放在中文書目的後面，例如：

Eagleton, Terry (1996) *The Illusions of Postmodernism*. Oxford:Blackwell.

英文的書名不能用中文專用的引號如《》。正確的方法是用斜體字書寫，或者在書名下劃底線。若是單篇的論文，可用“ ”的引號，不需斜體字。例如：

Hsiao, Shih-yi, “Heidegger and Our Translation of the *Tao Te Ching*”, in *Heidegger and Asian Thought*, ed. Graham Parkes. (Honolulu: University of Hawaii Press,1987).

有些論文可能還有德、法、日語的參考書，如果數量少於英文，可以隨附在英文書目之後，但不必冠以「中文」、「英文」、「日文」等字樣。每類之間，應當空出一行，以求醒目。

作爲論文參考的資料，除了書目外，可能還有統計表或圖解等類，構成附錄的一部分。除非這些表格是你自己實地調查或者統計的結果，否則必需注意著作權的問題。公家機關如教育部、財政部所發佈的資料，你應當可以自由引用，但若資料來自各別的專書，或者私人的企業，則宜詢明是否需要書面的許可，以避免日後法律上的糾紛。

簡歷一欄，大多數論文都付缺如。它是作者的自我介紹，在校園內或覺多餘，但對校外人士而言，卻是一個絕好的機會，介紹你的身份。

■ 論文的裝訂

到此爲止，你的論文可以說已全部就緒，等待裝訂成冊。這時你當然可以擇日舉行你期待已久的慶功宴。不過大多數的研究生此時還是選擇等待，趁著論文內容在他們腦海還有深刻的印象時，準備應付近在眉睫之間的論文口考。再者，論文的裝訂，雖然你會交由專門的業者去操作，但他們仍有幾件重要的事情需要你作決定，例如，版面的大小，格式，字型，紙質，以及封面的設計，和精裝、平裝的選擇。有些學校會要求不同學院的論文，用不同顏色的封面，以便在圖書館內陳列時，有整齊劃一的感覺。有些學校也希望他們的校徽呈現在封面和扉頁上，有些甚至希望論文的每一頁都有校徽的圖樣。關於這些細碎的項目，你宜先向校方詢問清楚，以便符合他們的要求。

不過，這次的裝訂，事實上只是暫時性的。它們主要是爲了給口試委員閱讀的方便。在口考的數小時內，他們多半會提出質疑和刪改的建議。從論文的題目到主文、到參考書目，他們都可能有不同的意見。論文被原封不動地接受，當場宣布通過的實例雖然不少，但也有些會被加上「修正後通過」的按語。雖然作者因此得再花上半月或一個月的時間，但總比被斷然否決好多了。一般說來，這些「修正」都很具體。每位口試委員多會在你給他的論文中寫下眉批，在口試結束時送還給你，讓你帶回家逐頁修改。工作完成後，最好請你的導師認可，然後再度裝訂。這次的裝訂才是正式的。你應該印製足夠的冊數，送交學校和相關的單位，以及你私人的使用。有些學生想省錢省事，省略了第一次的裝訂，把一大堆的文稿用夾子夾住，送給口試委員。那是一個很不明智之舉，一則顯示你沒有信心可以一次通過，再則你也間接「鼓勵」了委員們大幅的修改。你事後的負擔會不堪設想的。

■怎樣處理論文口試

你的論文終於完成了！你可以走出書齋，吐出深深的一口氣。這時唯一的一件事還有待操心的，便是口試了。有人對此早已成竹在胸，有人卻會因爲沒有準備，乍然面對，難免忐忑不安。論文口試究竟是怎樣一回事呢？它真的有如一般人的想像中那樣可怕嗎？而你又該怎樣來因應，以便順利度過這最後的一關呢？

事實上你會很容易自己答覆這些問題，只要你願意事前做一點觀察。每個學校的作風不盡相同，你最好與剛畢業不久的學長們談談，或者全程參與一場你同學的考試。大多數的學校容許考生邀請幾位朋友「旁聽」。這種實際的經驗對你極爲有用。你將不惟清楚考試的過程，進行的速度，還實地感受到考場的氣氛。許多恐懼感是因陌生而造成的。你一旦有第一手的經驗，下次輪到你入場時，你會神色泰然，舉止大方，不惟給你自己增添許多自信，還會給在場的口試委員一個極佳的印象。

如果你眞的很爲口試擔憂，你也不必關起門來，獨自忍受。你可以直接請教導師或者口試委員，你應該怎樣準備。他們多半會暗示給你考試的範圍，甚至告訴你一些具體的問題。這種方法在英國是行不通的，因爲他們的口試委員由學校指派，你不一定認識，而你的導師，除了被邀請，也不一定會在考場中出現。但在美國卻很流行。我們國內的制度很接近美國，有必要時，你不妨如法炮製。在考試之前，你知道的愈多，你會愈感到自在。

事實上，論文口試的本身並不可怕，可怕的是你相信它會決定你的命運。當你步入考場之前，你並沒有絕對的把握可以畢業。這種擔心，我們不妨從現實中去求化解。今天的研究所，包括英美和國內，都同樣抱著一種以教育爲懷的政策。當你已經走過了大學部的四年和研究所的二至五年，你的系所對你應當有相當的認識，等到你開始寫作論文時，你既得到指導老師的同意，又有口試委員的加入，他們無疑已經默認了你的學術水平。假如師長之中有任何一人認爲你不堪造就，大約早已把你送出門外，不會等到你步入考場的那一天。這也是爲什麼在所有通過的畢業論文扉頁上，都得加上一條英文文字，說明此次學位的授與，論文只是partial fulfillment of the requirements，而不是全部。再者，單從論文的本身著眼，它事實上已經歷了多次的考驗：論文題目的審訂，初稿完成後指導

老師的反應，和正式的官方口試。這次的口試，嚴格說來，應該只是一種儀式，與其說是你在接受測驗，毋寧說你在扮演一個主角的身份，在學校為你佈置的舞台上，展現你多年來的成果，也讓老師們知道你的修煉已經成功。如果前面的幾次關卡，都放你通行，你當然應該相信畢業已成勝算。你的學位在最後一分鐘被拒絕的事情，於情於理，都是不會發生的。最多你不過為自己捏一把冷汗，或者在考試過程中遇到一些意外的難題，但只要你虛心應付，接受批評，展現你的知識水平和學者的風度，沒有問題會成為致命的傷害。研究所的教授們在學術上可能多有些執拗，對學生的照顧，卻都充滿善意，絕不會無故刁難的。

從現實的角度來看，這次的考試，很可能是你一生中最後的一次。不久你即將取得博士或碩士的身份，甚至還有可能成為試場中袞袞諸公的工作同僚。在你專業的知識中，由於你多年的思考和長期的寫作，你在此時應該算是一名「專家」了。抓住這一點名符其實的權威感，你應當能在考場中款款而談，顯示你的成績。前面說過，研究所中當場通過的論文，為數並不少；最壞的可能只不過是拿到「修正後通過」的按語。不論你修正程度的大小，最後的通過，已在這個按語中，給你作了保證，而且，如果有太大的困難，你也不一定要全盤接受委員們的意見。會上你便可以提出合理的辯護和商榷，以便找到一個折中的安排。當然，這一切你必需以學術為考量，切忌意氣用事。學術的是非很難說，個人的風度，卻是一目了然，百試不爽的。這種對學生入微的觀察，是任何一所大學和大學的教授都不會輕易放過的。

■最好的論文是通過的論文

你的論文終於通過了！有些老師還可能向你道一聲恭喜，證明一切眞的都已結束。當你走出考場的那一剎那，你可能有點飄飄然，茫茫然。那感覺是驕傲？是興奮？還是失落？此時恐怕連你自己也說不清楚。但不管怎樣，你論文的通過，卻是鐵定的事實。通過的論文，便是最好的論文，它究竟寫的好不好，不再是一個問題；口考時傑出還是窩囊的表現，這時也都一筆勾消，永遠不會再被提起。假如考場門口有你的親朋好友等待迎接一個「新的」你，給他們一個感恩的擁抱，讓自己多年的努力畫下一個溫馨的句點。這時你當然不會忘記，你該好好給自己一個慶祝，和一個盼待已久的歡樂的假期。

這隨後的幾天，你可能都會有些異樣的感覺。心中的一塊大石終於放下了，令你感到飄然；但生命中一件大事的終結，常常也帶

來憂喜參半的茫然的感覺。馬拉松式的長跑，是一個體力和意志的競賽。在接近終點時你若已有力不從心的挫折感，等到你跨越了終線時，你大約只能佩服自己，居然完成了這項不可能的任務。學位的賽跑和馬拉松非常相似，不達到目的，等於前功盡棄，而達到目的之後，仍然驚喜交集，不知是幻是眞。與馬拉松不同的，是你作爲一個學者的運動員，在競賽終結時都被賜與一個特殊的錦標——你的學位，改變了一生的生活和面貌。尤其是博士生，戴著這一個叫得響亮的頭銜，不管你喜不喜歡，都得終生接受社會給你不同的待遇。碩士生何嘗不是如此。在你的周邊，包括你的家庭，你的工作場所，無處不會見到一些崇敬、羨慕，或者嫉忌的眼光，讓你一時還難以適應。然而認眞說來，從一方面看，這便是人生，這便是努力的代價和報償。從另一方面看，這也是你新生命的開始。聰明的人都知道，其實每一天都是我們新生命的開始，只是在這一個嶄新而又亮麗的里程碑前，你更能認識自己的方向；從此你會更加珍惜你的生命和資源，會更知道如何爲自己、爲家人，也爲社會打造一個幸福的未來。

贏得千喜年奧林匹克馬拉松金牌的健將亞培拉，在答覆記者問他未來的計劃時，曾說：「我知道我的特長。我會永遠堅持不懈的跑下去！」

「永遠堅持不懈的跑下去！」這便是成功的秘訣。這個秘訣，不需我多說，經過這番歷煉，早已深深銘刻在你心中了。

讀書讀書，不讀會輸？

- 打出江湖
- 闖蕩江湖
- 劉項原來不讀書！

what

what

讀書讀書，不讀會輸？

前面八章發表於2007年。當我寫這第九章時，已是十年後的事了。我的讀者當然也換了一批新時代的新青年。祝福你們！十年來，這冊「即學即用」的小書給我最大的安慰，是它多少爲莘莘學子帶來了某些實質上的方便和鼓勵。我說方便，指它簡化了論文寫作的過程，打破了論文「太大、太高、太難」的成見，讓他們用平常心看待學術，而不迷失於學術的神話中。我說鼓勵，則指把寫作視爲生活的一部分。你不必是個了不得的大天才，不必有了不得的大學問，你只要做自己能做的事，說自己能說的話，盡自己的努力，做一個誠誠懇懇、堂堂正正的人，你便完成了自己的學業，完成了論文。至於意外的收穫，那便是發現在平凡的生活中，竟然蘊藏了如此不平凡的力量。天下沒有比這更重要的發現了！

然而時代變了，臺灣也變了。我下面的話，雖然仍是針對論文而言，但有了不同的用意和期盼。這也是爲什麼我再度提起筆來，給你們做一番誠懇落實的補充。

■ 打出江湖

不論什麼時代，讀書和寫作都是一件寂寞的事。尤其是博碩士的論文。這是一樁長期的奮鬥，少則一、二年，多則三、四年，很需要費點功夫。一個身爲研究所裡求學的人，當然有相當的自尊，不便隨便問人怎樣寫，也不想讓人看見自己的焦慮，曝露自己的短處。事實上，天下沒有人，包括你最親近的朋友、父母、師長，甚至論文指導老師，方便告訴你寫作是怎樣一回事。你的老師也許會跟你討論研究的方法，但不會過問你怎樣執筆，怎樣讓你的文字流利生動。至於怎樣突顯你的才華，掩飾你的笨拙，或者怎樣把一篇學術論文寫得漂亮，甚至一鳴驚人，這些奢望，只好讓它深埋胸中，不聞不問了。多少年來，研究所的工作和論文的寫作便籠罩在這種神秘的煙霧裡，讓人感到挫折和不安。

2010年美國Peg Boyle Single和Richard Reis合著了一冊教你打破這種學術神秘的書：《解開論文寫作的神話》（Demystifying Dissertation Writing），告訴你從自身的角度出發，脫離煩惱和孤獨，輕鬆完成論文，值得我們借鑒。

的確，即使讀書對某些人沒有困難，談到論文，多少有點戒懼。特別是碩士班的學生，找不到論文的題目，寫不出論文的人，爲數不少，因而「卡」在這一關上，拖延時日，畢不了業，甚至變得瘋狂，令人擔憂。我在下一章中會再回到這個嚴肅的話題。

臺灣有太多的研究所，擁有太多的研究生，而論文又常是畢業的條件之一，論文遂變成了煩惱的淵藪。雖然指導你寫作的中外書籍不少，但找到完全適合你需要的並不多，因此自己拿捏、孤軍奮鬥，仍然是不可缺少的過程。如果把它比喻爲達爾文主義生存競爭、優勝劣敗的競技場所，也離事實不遠。

事實上，正如《解開論文寫作的神話》所說，寫作之事，雖不是人人都能得心應手，但天下沒有解不開的難題。意志可以培養，文采可以訓練，甚至靈感也可以利用精神的凝聚，一招即來，不必天天坐在冷板凳上，守候繆斯的拜訪。一切有賴你的意志和功力。

中國自古便有「人定勝天」的話，確實是可以做到的。

在本書第一章中我提到嵩山少林寺。少林寺裡的學員怎樣畢業離校，開始他們闖蕩江湖的浪漫生涯呢？他們沒有畢業論文，沒有口試和口試委員的騷擾，也不懂「君子動口不動手」的禮貌。在「畢業」那天，師生一字排開，擺出一個「山門陣」，攔住你的去路。你得用你剛學來的看家本領，跟他們一一交鋒，打出山門，爭取你的獨立和自由。

當然啦，這不是真正的比武。這是牛刀小試。少林寺除了要知道你有多少本領，更重要的，看你有沒有那份武僧的尊嚴，和光寒九州的自信，能雄赳赳、氣昂昂，拿出劍膽琴心的俠客姿態，頂天立地的君子風度，替自己爭光，也替少林寺爭光。在你開拓自己前程的同時，也肩負起文化和教育優良的傳統。這才是教育的本意。

■ 闖蕩江湖

然而打出山門是一回事，闖蕩江湖卻是另一回事。風光十足的俠客當然有，雖然多在小說和電影裡。潦倒落魄的，肯定也不少，只是沒人過問罷了。

回到論文的本題。大學裡的研究生，經過「三更燈火五更雞」的煎熬，縱然打出了山門，卻常被困擾在失業、或者學非所用的煩惱中。對他們而言，闖蕩江湖的浪漫，變成了可怕的諷刺。但這是研究所過多的麻煩，不是學生的錯。

根據2015年4月26日《經濟日報》的報導，「臺灣碩博士滿街跑！內政部最新統計，去年國內碩博士生人數已衝破120萬人大關，未來三年，預計將再添20萬人。……碩博士生的高學歷光環越來越黯淡，求職優勢不再。」

隨著畢業人數的增加，而粥少僧多的現象越來越明顯，「高學歷等於就業的保證」早已破壞。按照yes123人力銀行的調查，只有16%的企業認爲高學歷對求職有利，而68%的企業則表示，新鮮人即使有碩士以上的文憑，薪水也不會更多。報紙最後還說，「近年來無論碩士或博士生在學人數卻是年年下滑，這兩年來碩士生人數更是平均每年大減5,000人。」教育部坦然承認了這個事實，在2015年研究所的招生中，就有72班掛零，其中包含四所臺灣大學的博士班。這是一個值得正視的臺灣高等教育問題，不能再用少子化的現象來做簡單的交代。

如果「唯有讀書高」的觀念不再是學生的首選，而「學歷無用論」在臺灣也早成定論，放棄大學，自謀出路，是最聰明的辦法。從好的一面看，臺灣從此打破向學位一面倒的局勢，給社會鋪出一條多元化的新路，未嘗不是好事。而今天的青年不必再一窩蜂擠進大學，有了讀書和不讀書的選擇，比前一輩的人確實幸運多了！

■劉項原來不讀書！

美國社會給我最深刻的印象之一，是高中學生的畢業典禮。當校長頒發畢業證書給學生，宣佈他們畢業後，全體畢業生一躍而起，把帽子拋向天空，歡聲雷動，有如逃出監牢一般的興奮。他們的興奮是眞實的。美國中等教育是義務教育，學生沒有選擇的餘地。不上學的人，法院會拘提，警察會登門拜訪。一旦畢了業，義務盡到了，從此五湖四海，逍遙自在，誰也管不到他們。上大學不是他們的夢想。就以加州爲例，只有29%的人上過大學，他們顯然沒有「萬般皆下品，惟有讀書高」的迷信。美國向來有自由國土的美譽，他們社會開放，行行出狀元，讀書不過其中的「一行」罷了。

在臺灣，喜歡讀書的人，當然不少，但並不是出奇的多。而研究所內龐大的人數，泰半是社會風氣和求職因素造成的。有人愛讀書，恭喜他；有人不愛讀書，也恭喜他。各有所長，不同的夢想，促成百花齊放的局面，不正是社會繁榮、國家富強應有的形象嗎？但苦了那些迷信文憑、或者被環境逼上梁山的青年。他們形成了社會另一種難以估計的人才流失和資源斷裂，而自己蒙在鼓裡，做了時尚的犧牲品！

事實上，學歷無用的論調，在臺灣並不陌生。今天掌控我們社會和經濟大局的企業大佬們，有的連小學文憑都沒有。學歷並不代表不讀書。如果他們早年爲了某種理由，放棄了學校和文憑，他們從來沒有中斷過自學的努力。多少國內外知名大學紛紛授予他們榮譽博士頭銜，希望分享他們事業的成就和智慧的光榮。馬克吐溫說得好，「別讓學校耽誤了你求學的機會」。馬克吐溫自己便只上到小學五年級，便因父喪輟學，變成了印刷工廠裡一名學徒。但他後來震驚世界的卓越表現，豈是擁有高學歷的人可以望其項背的！

一般人都相信智慧來自書本，而教育也依賴書本傳遞。不錯，書本可以增長人們的智慧，但不是唯一的途徑。禪宗六祖是一個絕好例證。慧能挑柴度日，不曾上過學，是個不折不扣的文盲。然而他的智慧，今天已經征服了世界。

智慧是我們生命中的神秘現象，教育不過是希望讓智慧能得到更多的栽培。教育不代表智慧；教育只默默服務人群，造福鄉梓，設法幫助社會做好文化的建設。而文化的建設，是人人的責任，不論接受學校的教育，還是自己苦學，各人別出心裁的努力，其意義和價值是完全相等的。

沒有一個國家可以富強康樂，沒有文化的支援。政治、經濟和軍事不管多麼壯大，一夕之間可以化爲烏有。唯有繼往開來的文化，才是國家長治久安的保證，和個人幸福的泉源。教育的價值也正在此。不論上學還是自學，教育替我們揭開永恆的面紗：讓我們看見自由的無價，宇宙的神奇，讓我們在有限的生命中，發現無限的希望。拒絕讀書的人，很難得到這樣的好處。

不過實際上，研究所並不是人人必經之途。嚴格說來，研究所是研究專門學問的地方，不是榮華富貴的跳板。中國千餘年來的科舉制度誤導了我們對讀書的認識。讀書和功名，到今天還分不了家。學術不能獨立，無怪乎國際競爭場所中我們總是落於人後。「成績單」變成了知識的歸宿，而狀元、博士一類的頭銜，封閉了時代菁英的嘴巴，而那些名落孫山的倒霉鬼，則高唱知識是糞土的論調，全然倒果爲因。這正是我們教育的悲哀。

唐代的章碣因爲屢考科舉不中，寫了一首酸溜溜的小詩，取笑焚書坑儒的荒唐。他很高興發現，古代揭竿而起的陳勝、吳廣，和推翻秦始皇政權的劉邦、項羽，原來都是不讀書的莽漢！他的詩說：

竹帛煙銷帝業虛，關河空鎖祖龍居。（祖龍指秦始皇）
坑灰未冷山東亂，劉項原來不讀書！

他借朝代的興亡和帝業的消長，指控知識無用，證明丘九果然不如丘八，難怪得到毛澤東擊節的讚賞！

秦始皇怕讀書人造反，章碣則相信不讀書的人更會造反。可見中國人從來沒有懂得讀書的意義。其實，讀書即使在科舉時代，也並不是鐵飯碗。就以章碣和他考了十年才中舉的父親章孝標爲例吧，雖然他們父子吃盡了苦頭，老而登科，但流落長安，一事無成，成爲當代的笑柄。李紳說章孝標：

假金方用真金鍍，若是真金不鍍金，
十載長安方一第，何須空腹用高心！

把他挖苦慘了。

讀書不是一件容易的事，尤其牽涉到知識的探索，和個人人文素養的提升。除了「空腹高心」，有時還不免懸梁刺股的折磨。如果沒有正確思想作為引導，難免是一場可笑的浪費。

今天越來越多的青年人懷疑讀書的好處。他們不一定相信自己是「眞金」，至少他們沒有「鍍金」的妄想，這也算是一種進步吧？他們成天玩手機，就是不讀書，師長不敢說話，父母也不敢說話。「讀書讀書，不讀會輸？」他們問得好，時代給了他們勇氣。他們生活優渥，否定權威，排斥讀書，一封家信也寫不好，但他們不以為意，也不擔心未來競爭的問題。讀書眞的有用嗎？太多的讀書人，仍然在失業和失敗的道路上徘徊。唐代的章氏父子流落長安，今天臺灣博碩士生的潦倒，便是最好的證據。研究所入學人數的銳減，便是這種環境造成的。很幸運地，有人終於清醒了！

不過讀書的好處也不能因此抹殺。培根說得好，「知識就是力量」，多少人借知識的力量，成就了個人的事業，戴上了力爭上游的光環。這種求善，不是表面的鍍金，而是本質的提升。《論語》「知之為知之，不知為不知，是知也」的話，強調了理性的重要。孔子勸人脫離愚昧，接受理性的挑戰，是教育家給我們最值得感恩的規勸。可惜領情的人不多。我們如果人人都多受到一點教育的利益，國家肯定會多一分向上的動力。讀書的功用，除了告訴我們承先啓後的重要，更在於求善求眞的啓發，鼓勵我們放眼幸福的明天！

說實話，今天來到研究所裡求學的人有福了！研究所越少，你們的責任越重；放棄研究所的人越多，你們的地位越崇高。別理會那些取笑知識是糞土、挖苦丘九不如丘八的人。他們別有打算，給他們自由。不管社會多現實，知識、品德和人文的修養，仍然是人人羨慕的對象。你登壇能款款而談，提起筆來，能寫一手好文章，出版書籍，本本傳誦，發揮了智慧的力量，成爲社會上舉足輕重的菁英，這才是博士、碩士頭銜值得驕傲的地方。

做學問的人都知道，知識並不難求，難在對知識重新的認識和評價，在龐大無邊、近乎雜亂無章的訊息中，找到方向和獨到的見解。然而這一切的所需，卻不是書本，而是頭腦。頭腦就是智慧，也就是想象力，而一如愛因斯坦所說，「想象力比知識更重要」。喜歡讀書、想把論文寫好的人，應當把這話當做自己的座右銘。

今天的社會是透明的，它的善變也叫人傻眼，而學術界所謂的學術典範，並非一成不變的規律。只要你有自信，有見地，你隨時可以修改它。美國語言學會（MLA）一個世紀以來牢牢遵守的《芝加哥手冊》（1906 Chicago Manual Style），早已分崩瓦解，心理學會天經地義的APA論文格式，也失去了固有的權威。《易經．乾卦》「群龍無首，吉」的預言，正是爲給今天懷有雄心壯志的人最好的鼓勵！

然而不管世界如何變，寫作在今天仍然十分重要。大至寫書，小至給朋友寫一封生日賀函，無處不顯露你的學養。把寫作當做量才的玉尺，視寫作爲個人成功的管道，依然是當今社會上不爭的事實。研究生在有限的時間內，利用寫論文的機會，多花一點心思，學習寫作的藝術，給自己開闢一座「秘密花園」，終身享用不盡，是一個不小的收穫。寫作和讀書一樣，同樣是教育的一種形式。在教育的天地裡，人人都是贏家。

除非你讀錯了書，選錯了行，沒有人會輸陣的。

Chapter 10

時代的三岔路口

■新時代的論文　■論文的特性

■ 再論爲什麼有人害怕寫論

■再論怎樣起跑

■新時代的論文

世界變了，臺灣也變了。十年前的臺灣，還沒有太感受到少子化的壓力，還沒有教育部的教改風波，沒有課綱微調的爭議，沒有佔領立法院一類的學生運動，也沒有中研院政治化、商業化的詬病。當時各大學的研究所還在快速增加，碩士班還在爆炸性地成長，是一個《Career》雜誌稱之爲「研究所熱」的時代。雖然今天的寫作，和十年前並無兩樣，但我所標榜的「獨立自主」的寫作態度，和「頂天立地」的個人精神，在新時代中顯得更加可貴了。

一些十年前不會出現的問題，今天出現了：幹嘛上學，受活罪？幹嘛不去賺錢，享受自由？不讀書，我輸了嗎？幹嘛學文言文，學英文？不學又怎樣？朋友會慫恿你：佔領立法院、攻陷教育部、推倒教綱、走出教室、走上街頭……。你年紀輕，這些動人的口號，你可能都同意，你甚至是策劃人之一。但那是時尚，是政治，而時尚和政治是短暫的，會煙消霧散的，你個人也不能掌握它的方向。你遲早會像其他人一樣，當塵埃落定時，開始嚮往心靈的平安。然而在這時代的岔路上，你是天之驕子、今天的幸運兒。你眼前有數不清的選擇，只要你成年，只要你不犯法，你有絕對的自由，奔赴自己的前程，誰也阻擋你不了。

如果你不喜歡讀書，太好了！你一定有自己的本領。如果你決定上大學，上研究所，還想寫一篇夠水準的論文，也很好！因爲不同於十年前，這不是一個草率的決定。你顯然沒有被今天社會的亂象擊敗。你不管學校是在招募學生，還是招募金主；教育部無能，還是瞎子摸象；中央研究院是政治舞台，還是炒股中心。論文「代寫服務」的廣告滿天飛，有些「公司」居然吹擂「十年的信譽」和「100%通過率」，可見公開的舞弊，當局無力取締，助長了學術走後門的惡習。

但你管不了那麼多。還是來到了研究所！

我有一位高中時代的畏友，很會讀書，很會思想，他的一言一動，無不令人敬佩，我們都相信他是明日的梁啓超、孫中山。然而高中畢業後，父母強迫他上醫學院。他流著眼淚告訴我，他不能不聽從。後來我再也沒有聽到他的名字。

人文思想是創造性的，你可以運用自己的力量，做無限的開發。它有取之不盡、用之不竭的資源；而你的成就不惟有功社會，造福人群，還有進軍未來的希望，讓我們看見知識的力量，一如梁啓超、孫文讓我們看見知識的力量。然而人文思想雖有翻天覆地的革命潛力，卻不是牟利的工具。在科技掛帥的今天，短視的政府不會對它有刻意的提倡。一切全靠你的志趣。孔子周遊列國，拿過誰的「獎助金」？他的「發明」，不論多珍貴，有過任何「專利權」的享受嗎？爲了謀生，他除了教書，還是教書，他充其量是一個「發憤忘食，樂以忘憂，不知老之將至」的快樂人。但這難道不夠嗎？萬世師表的頭銜，舉世敬仰的尊榮，對他並無意義；在任何一個國土上，任何一個時代中，什麼比快樂更重要！

今天的青年，擺脫了權威的桎梏，發現了自己的地位，站在大學殿堂的門前，知道取捨，甚至有勇氣拂袖而去，對學位的光環，沒有盲目的迷戀，的確是一種進步。希望這是臺灣進入多元化社會、接受眞正民主教育的開始。

雖然古文或者英文對你不一定有用，因爲你的興趣不在古代中國，也不在歐美。但當代的問題就夠多了。新政府南進的企圖、臺灣哥倫布計劃，有夠誘人。但至少你得學會幾種東南亞的語文吧？而在這方面，我們官方的認識和準備都不夠。你得給自己加把勁，才有進入夢想的可能！即使不談東協七國，即使不跨出臺灣，不談南海的太平島，臺灣自身的話題難道不夠多嗎？我們的實業、政治、外交、文化、臺灣文學的未來，……無一不是論文的好題材。臺灣不缺書，但缺書評：這個不毛之地，將是研究生大顯身手的天堂！然而論文不是三言兩語可以成就的。不管時代怎樣保護你，不管政府如何給你方便，認眞寫作，Write First！跟自己競爭，才是研究生出人頭地的第一要務！

■論文的特性

既然來到了研究所，我們可以探討論文的寫作了。

第一章中我談到論文的特性，我指出學術的嚴謹和學者的風度。嚴謹不代表僵硬，而風度除了文字的表現，還包含主觀性和客觀性恰當的運用。若論知識的豐富和準確，很少人比得過機器人（例如美國Jeopardy!遊戲節目中的Watson），但那時代的機器人不通世故，沒有同情心。我們比機器人可愛多了！

至於主題和文獻的重視，是論文不可缺少的條件。不過在網路發達的今天，理念和資料取得不難，而太多的垃圾資料和錯誤資訊，並不令人樂觀。因此個人的判斷和創造，變成了眾人矚目的焦點。你的指導教授不會被你龐大的篇幅感動，但他肯定會讚美你的創見和發現。你從龐大的閱讀和資訊中，避開了陷阱，發現了自己的路線，有如歸鳥投林，舵手回航，你眼前有明確的目標，心中充滿了完成任務的喜悅。說實話，研究所裡多年的辛勞，到了論文的寫作，才是曲終奏雅，得到甜美的收穫！

前面說過，論文不是你的期末報告，不是你殺伐天下、或者大擺龍門陣的場所。它必須言之有物，包括主題和思想，更要「有理論，有證據，能守成，也能創新」。而所謂創新，除了思想，還包含形式和語言。今天學術典範的含糊，芝加哥手冊的瓦解，都是論文作者的福音，你應當善加利用。它不僅是你的權益，更是你表現個人才華的好機會。

創新不是唱反調，語不驚人死不休。創新是要你對舊有的資料，用自己的眼睛觀察，用自己的頭腦思考，說出你不能不說的感受和反應，不怕與人雷同，不怕與人牴觸，因爲你有第一手的觀察，有接受挑戰的勇氣。誰都說阿斗無能，研究阿斗無能的事實，是對人性的探索；去尋找他被人取笑的理由，是求歷史的眞相：這才是正經。

最早的《十牛圖》是道家作品，但只有八牛，到第八圖「人牛俱忘」便結束了。然而對立的消泯，或者空無概念的誕生，並不是生命最高的境界。宋代廓庵禪師加上了第九圖「返本還原」和第十圖「入鄽垂手」，才把禪宗圓融的智慧，和大乘佛教無罣無礙的普世精神，和盤托出，說明了新時代對文化不可思議的貢獻。在二十一世紀的今天，和第十一世紀的宋代相比，在思想的開放和資源的運用上，我們佔了絕大的優勢。如何讓過去的成就推陳出新，錦上添花，是未來學者最大的挑戰。

至少，論文是你的創作，不是網路的剪貼簿；它不是思想的大雜燴，不是爲了湊篇幅、賣學問，堆砌古今中外學者言論的拚盤。不論你主修什麼科目，政治、經濟、社會、歷史、哲學、文學、國際關係，……論文是你自己的選擇，如果是老師的建議，也得到了你的同意。它是你理論的試金石，是你個人言論表現的戰場。你把自己置身於時代的前鋒，站在巨人的肩上，接受他們的鼓舞，卻不被他們左右。不論你怎樣處理論文，你必須記住，在論文裡，除了

眞理，你是駕臨一切的主人，發號司令的將軍，也是面對炮火的士卒；你會爲自己的行動負起全盤的責任。

當然，論文是你讀書多年的心得，你有太多的經驗、熱忱，和意見，等待披露。你的問題可以很大，也可以很小。假如你喜歡書評，何不大膽挑起程頤，批評他鼎鼎大名的《伊川易傳》，檢討它的得失和對後世易學的影響？批評當代人又有何不可？朱雲漢向來是臺灣政治經濟界非官方的發言人，然而樹大招風，一般人對他的評論常趨兩極。何不拿出學者的風範，打開他的《高思在雲》，做一個心平氣和的檢討？臺灣缺少的不是書，而是嚴肅的書評。你的嘗試，對社會和學術都有大旱望雲霓的貢獻！研究文學的學生也大可批判哈洛・卜倫（Harold Bloom）《西方正點》給文學批評投下的震撼，因爲它影響的不僅是歐美文學，也是我們極待振興的臺灣文學。從小的方面看，像《龍應台評小說》一冊小書，就夠你忙上一兩年了。你將會發現的，恐怕不僅是龍應台個人的得失，而是臺灣文學的未來和臺灣文學批評不可規避的時代難題。

你的論文不必驚天動地，但至少要合情合理，讓自己滿意。這樣謙虛的要求，其實不難做到，先決條件在你對自己和研究的問題有充分的掌握。剛去世不久的意大利符號學家／小說家艾可（Umberto Eco, 1932-2016）在《怎樣寫論文》（How to Write a Thesis）一書中提出了四個條件：

> 你對這個問題有興趣；
> 你有足夠的相關資料；
> 你的研究切實而可行；
> 你有適當的研究方法。

他說這四個簡單的條件可以用一句更簡單的話來概括：「你得寫一

篇你有能力完成的論文。」別以爲這是廢話，他說多少論文的失敗，便在沒有遵守這個簡單的原則！

他認爲人文學科的論文，不是學校給你的考試，或者測驗，而是你利用學習所得，證明你可以爲學術做一點有意義的工作。它重視你寫作的「過程」，不在你的「結論」；要求你內在的「創意和革新」，不在「發明」。在這過程中，你有足夠的機會展現你的學養。而你的創意，不論多細微，都會讓人欣慰。這才是論文的意義。如果研究所的論文到今天還沒有被教育部建議廢除，說穿了，就是要你運用自己的想象，發現自己的創造力（ingenuity）。

艾可也重視論文的「趣味」。他的話是有感而發的。研究生寫的論文，十之八九只有專業的人看得懂，而即使看懂了，也不覺得有趣。閱讀這類的論文，多少是一種忍耐。除非萬不得已，誰會找一本枯燥乏味的論文來煩惱自己？然而論文並不必然如此。一切看你的用心。後面即將談到的傅柯，便替巴黎大學寫了一篇傳誦全球的論文《瘋癲與文明》。可見個人的熱忱，是學術的靈魂。有些很有才華的人，例如艾可，便放棄了嚴肅的學術生涯，嘗試小說的寫作，結果因爲《玫瑰的名字》一舉成名。他「改行」的理由，是他喜歡擁有更多的讀者。我們研究所裡有些因爲「寫不出論文」而感到痛苦的學生，如果有文采、熱愛人群，不妨想想艾可的行動。今天的學術界雖然有了越來越多的自由，但跟文學海闊天空的創造相比，不可同日而語。成功需要對工作的熱愛。對一個在研究所裡空咬筆桿、寫不出論文、卻愛講故事的人來說，學術無疑是一個錯誤的選擇。

由於上研究所的人多有工作和家庭的負擔，論文便有了求快、求速的呼聲，市面上也出現了這一類應景的書籍。1998年美國便有Joan Bolker《每天15分鐘寫完你的博士論文》（Writing Your Dissertation in 15 Minutes a Day）的書；2015年Scott Rank

發表了他的《六個月內完成博士論文，即使你不知道該寫什麼》（How to Finish Your Dissertation in 6 Months or Less, Even if You Don't Know What to Write），幫助學生效法《孫子兵法》「兵貴勝、不貴久」的原則。2011年臺灣五南也出版了顏志龍《傻瓜也會寫論文》一書，替人加油，相信「只要你有了這本書，人人都可以寫論文」。從這些誇張、近乎玩笑的書名看來，論文對學生的壓力，的確是一個嚴重的問題。

早在1977年，當艾可發表他意大利文版本的《怎樣寫論文》時，有學生問他有沒有一個月內完成論文的秘方。他說有的，兩個辦法：第一，花錢請人代寫；第二，抄襲一本沒有人知道的書。這個笑話今天已經成爲事實。不過他覺得可笑的是，抄襲也需要智慧，幹嘛不把自己的聰明用在有用的地方？在一切求速的今天，論文的創意和革新，顯然不是速度可以辦到的。

論文的尊嚴，看來還是掌握在自己的手中。

■ 再論為什麼有人害怕寫論文

如果創意和革新不是你的擅長，而維護學術的尊嚴又不是你的誓願，你仍然有資格撰寫你當仁不讓的論文。

創意和革新，不是要你寫出像《瘋癲與文明》那種名揚天下的論文；不是要你像邏輯實證論者維根斯坦那樣，遞上一篇《邏輯哲學論》，把指導教授羅素嚇壞了。我的意思是要你爲了興趣，用平常心研究學問，做自己該做的事，說自己該說的話，用自己的思維，豐富知識的內涵，盡到學者的責任。你不但完成了學業，也完成了論文。這不是一舉數得、維護學術最高貴的方法嗎？

說到論文的謹慎，這是學者應有的態度；一篇論文遲遲不能交卷，也不足怪。然而把謹慎當做作藉口，害怕寫作，患上了論文恐懼症，讓論文一再拖延，永無完成之日，便是問題了。

博士的英文頭銜是PhD，今天歐美大學裡出現了一個滑稽的稱謂：ABD（All-But-Dessertation），「萬事俱備，只欠論文」，艾可稱之爲「論文神經病」（thesis neurosis）。這個名稱在臺灣雖然不流行，但它的存在，已是事實，不僅博士生，也包含大量的碩士生，深受其苦。它的可怕處，艾可認爲，在以論文作爲藉口，停止了自己對「生命中一切的挑戰」。

論文的延宕，當然跟工作和家累有關；但缺少信心，理想太高，或者選錯了行，也難辭其咎。寫論文，一如登山，人人都想攀登喜馬拉雅山，如果被逼登山，或者抱著英雄主義，自己逞強，很少不挫敗而回的。別讓一個不能實現的夢想換來ABD的笑話。「論文神經病」和「論文妄想症」，都屬神經質（neuroticism）的病科，前者性躁，後者性緩，看似不同，傷害身心的健康，則毫無二致。

今天臺灣對博士論文的把關還算正常，碩論則比較馬虎，出現了令人擔憂的現象。我們一再聽到研究生寫不出論文的煩惱，而以避開學術、敘述自己生平作爲取代。《自由時報》2015年11月14日刊載東吳大學社工系某研究生以《失能的恐懼——一個研究生寫不出論文的反思》爲題，獲得碩士學位，引起社會的議論。該文一反論文的常態，不涉客觀的知識，沒有研究的方法，從頭到尾是作者自哀自怨的「獨白」，追蹤自己的社會意義，發現自我奴化的過程，傳遞了她「相當苦悶」和「誤入地獄」的心情。這是一個令人同情的眞實故事，她的指導教授如果眞的愛護她，應當鼓勵她去做作家，做心理諮商輔導師，或者幫忙她找一份發揮自己才能的職業，放棄學位的追尋，脫離地獄的悲哀。

不過這篇民國104年7月的論文並非首創。早於兩年前（102年

1月）政治大學社工系便另有一篇「獨白」——《從一位寫不出論文的研究生說起》的碩論，很像是東吳大學的前身。

這位被同學調侃爲「量化實證研究的工具人」因爲寫不出碩士論文，經歷了多年的「憤慨、慌亂、羞愧、失落及空虛」，和一再退學、轉學、復學的煎熬，終於發現了自己的問題：

春末夏初的某一天，我突然從房間連身鏡裡的面容發現我罹患了一種病，一種寫不出社會工作碩士論文的病，一種終日令人陷於鬱悶沮喪又如精神分裂的活死人病。它讓我必須一次又一次的反復躊躇在堅持／放棄論文和碩士學位的拉扯心境，以及面對著最為親暱的他者們驚恐訝異的神情和焦慮擔心的詢問，更是令我徹底陷入了完全無以言說和交代的悶痛苦楚。我真的不懂，我到底是怎麼了？

他開始徘徊校園裡、河堤邊、圖書館，……自欺欺人地幻想論文製作的假像，然而

還是敵不過持續積累的焦躁、疲倦、憂慮及恐懼。更糟的是，漂浮於眼前的過往、當下、未來、現實、夢境，來來往往，空洞破碎的畫面常使我混亂不堪，苦不堪言，復以鏡中自我經常性的尖叫怒吼，以及四溢橫生的妒忌仇恨。我知道，它是斷裂，它真實，卻也虛幻，它存在那，但卻看不見也摸不著，讓我越想要真誠的面對自己，卻越是痛苦，我想逃，但又不知該往何處去。

像這樣近乎瘋狂的怒吼，亮起了身心健康的紅燈，是應該求助於專業輔導的時候了。美國各大學裡多有自己獨立的心理諮商部

門，像這樣的學生，早有不少「約談」的機會，尋找問題的癥結所在。不過這是臺灣。我懷疑這位學生得到校方任何的關懷。他的指導教授爲他擔當起「朋友」的責任（學生稱呼他爲「老王」），給他鼓勵，對他「不離不棄」，「想盡辦法」替他梳理「斷裂的經驗」，支持他寫「敘事研究」的論文，終於完成了他學位的夢想。

我不否認敘事研究也是研究的一種；第一人稱不是問題，問題在含金量的多少。我不會忘記《聖奧古斯丁懺悔錄》和盧騷《懺悔錄》的價值；也不關心學術典範到底是什麼。但當學生因爲個人論文的困擾變成瘋狂，身心健康亮起了紅燈，而師長用「理性的語言」，「完美的邏輯」，讓瘋狂「變得可以讓人接近」，不也間接承認了傅柯所擔心「由人走到眞正的人，瘋人乃是必經之道」嗎？

我們必須嚴肅看待這位喜歡「量化實證」學生的論文，他借傅柯《瘋狂與文明》的話作爲他無可奈何的開卷語。當他自稱是「瘋人」，希望有機會變成一個「眞正的人」，不再受到「他者／劣者」的歧視時，他指的「人」難道只有一個「碩士」頭銜可以擔當嗎？碩士頭銜這樣重要嗎？

研究所是培養學術人才和提倡研究學問的地方，不是大眾的「製夢工廠」。如果學生對客觀的知識提不起興趣，寫不出論文，即使給他打開方便之門，給他戴上碩士的方帽子，他就成功了嗎？他就變成了「眞正的人」、脫離了「劣者」的嫌疑嗎？這是對「人」廉價的欺騙，不是尊重，更不是教育的眞諦。

■ 再論怎樣起跑

歧路亡羊，是人生的遺憾。但並非無法避免。有人天生喜歡做學問，但叫他去打獵，一隻兔子也抓不到。天生我材必有用，用在

哪裡，自己要清楚。

愛讀書的人，打開書，就有話說。一個碩士生如果讀了許多書，沒有反應，快畢業了，還寫不出論文，後悔也晚了。人有太多的路可走，何必把自己反鎖在研究所裡，虛度光陰，浪費社會資源？敢承認自己是個「活死人」，或者比喻自己「誤入地獄」，學校應當給他們頒發誠實獎狀。教育是終身大事，兩廂情願，才是美好的姻緣。

至於怎樣起跑寫論文呢？我曾經提到給自己鼓勵，養成習慣，從「信筆塗鴉」開始，Write First！不要惜墨如金。碩一的學生即使爲時還早，不妨盡快替自己選一部書，或者挑選一個問題，常自問：它好在哪裡？不好在哪裡？它的時代意義何在？社會的意義何在？前人對它的評價怎樣？假如有爭議，問題在哪裡？怎樣解決？對後世的影響又是什麼？……並隨時記下筆記。這中間許多的思維，將是你未來論文的重點。

2008年南京大學莫礪鋒教授來台出席《王夢鷗教授學術講座》，說到現在研究生人數太多，想找一個研究題目越來越困難的事實。例如你的興趣在唐詩，查查論文索引，幾乎所有你能想到的題目都寫過了。李白、杜甫不用說，李商隱、杜牧也都身經百戰。要找一個沒人碰過的題目，大概只有張打油了！

人人都想攀登喜馬拉雅山。其實小山小丘，也別有風光。喜馬拉雅山也是可以一再攀登的。誰說李白、杜甫不能再研究？張大春的《大唐李白》不是一個例子嗎？每位登山者的經驗不會相同。不同的目的、取向、方法、季節，都會有不同的收穫。在知識的領域裡，沒有大小、新舊、先後的次序。個人的發現，不管多細微，都是人類的財富，可以從這裡產生新的聯想，創造新的知識。

1983年當莫教授自己還是博士研究生時，他發現宋代理學家多不重視文學，而朱熹有《詩集傳》，又有《楚辭集註》，臨終前還孜孜不倦修改他楚辭註釋的文字，對文學顯然有高度的熱忱，遂想以《朱熹的文學思想》爲題寫論文。那時大陸學者沒有人寫過這個題目，讓他喜出望外。但他再一打聽，知道臺灣的錢穆有一部《朱子新學案》。當時兩岸溝通不良，他買不到書，千方百計從朋友處借來一冊，打開一看，裡面果然有朱子的詩經學和楚辭學。他大失所望，不敢再寫這個題目，怕跟錢先生「撞車」，也怕別人說他「剽竊」。今天莫教授有越來越高的地位，成爲學術界的翹楚，我眞遺憾他當年沒有堅持自己的主張，讓我們損失了對朱熹另一面向的認識，不能看見莫礪鋒與錢穆的異同，也無法想像他後來居上，突破錢穆的可能性。

選定目標，拿準方向，做自己該做的事，說自己該說的話，不必惜墨如金，別信任「繆斯」。在沒有壓力情況下寫出來的東西，常有意想不到的趣味。海明威「醉裡執筆，醒後修改」的話，眞是老生常談，極有道理。你筆底自然的流露，不會同於別人筆底的流露。而且你有一再修改的機會，鐵杵也會磨成針。用美國教育界慣用的一句口頭禪：You are unique！不同的人，面臨不同的境遇，一定會有不同的結論。

也別太在意指導教授給你負面的批評。他們有時像少林寺裡的師傅，會故意刁難你，測試你的信心和功力。至於師生間年齡的差距，摩擦是不免的。觀念不同，價值觀當然不同。如果問題出在代溝，還好解決；一旦新時代和舊時代有了衝突，那便需要雙方的容忍了。只要你熱愛眞理，明辨是非，「青出於藍而勝於藍」的現象會隨時發生，師長也應虛心接受。就像1911年維根斯坦來到劍橋三一學院，帶來一套全新的邏輯觀念，讓當代邏輯學大師羅素看傻了眼。然而羅素對維根斯坦因此更加愛重，認爲他是「所有青年人應有的榜樣」。他的胸襟，比美孔子「後生可畏」的名言，值得尊敬。

寫論文時，選一個適合你的題目和高度，事前好好準備，注意相關文獻的搜集，做筆記，不放過任何一個看似沒頭沒腦的靈感。知道什麼，寫什麼。不要擔心問題有沒有答案。屈原的《天問》一口氣問了173個問題，沒有一個答案。然而《天問》的成就，正是在此。論文是你的天地，你的戰場，你的投資，你負起全盤經營和籌劃的責任。你點點滴滴的思維，包括疑慮、評論、假設，都可能是未來知識的寶庫。

1960年當傅柯著手撰寫他著名的畢業論文《瘋癲與文明》時，他顯然信心滿滿。他用了長達943頁的篇幅（今天的版本經過刪節），在理性和非理性、瘋癲和非瘋癲糾纏不清的關係中，重新批判了歐洲中世紀以來的文明歷史。他是第一個把現象學的焦點轉移到結構學——尤其是社會結構學——方向的人，無疑是時代的先鋒。然而當論文呈遞給巴黎大學審查委員會時，委員們並不滿意。其中一位顧伊爾（Henri Gouhier）教授是法國當代著名的哲學史家。他批評此書「不是一部傳統的歷史著作」，書中「充滿了概括性的結論，而沒有足夠的推理」，他更不滿意的，是作者在「用寓言的方式思考（think in allegories）」，意思是說他缺少學術的嚴謹，沒有研究的方法，失卻學者的身份。不過他們同意此書「也有一點價值」，所以「保留性地」通過了他博士學位的申請。權威會鬧笑話的，正如時代會鬧笑話一樣。1903年汽車剛出爐時，福特公司向密西根銀行貸款被拒，理由是「馬向來是人們的交通工具，汽車一時風尚而已，誰知道它會流行多久？」

傅柯「用寓言的方式思考」，而我們政大的碩士生用第一人稱的「敘事研究」寫論文，如果二者都破壞了學術典範的規格，但前者打開了知識的門戶，改變了思想的方向，造福人群，值得稱許。而後者在封閉的瘋狂中，講述自己的生平，感動了周邊的朋友，充其量，解決了「寫不出論文」的困擾，救回了一個「活死人」，應當「也有一點價值」吧？不過從教育的立場看，眼界未免狹小，目的也太淺近。研究所是有志之士的「少林寺」，不是大眾化的「夢工廠」，所謂學術典範，當然不是僵定的成規，但也不能成為現實的避風塘。而敦品勵學，激發思想，誘導青年開拓知識的新領域，走上自己的道路，激發生命的火花，迎接生命的新希望，應當是教育永遠不能放棄的基本任務吧！

chapter 11 怎樣杜絕抄襲？

■抄襲和創作　■天下文章一大抄？

■尊嚴和驕傲

怎樣

杜絕抄襲？

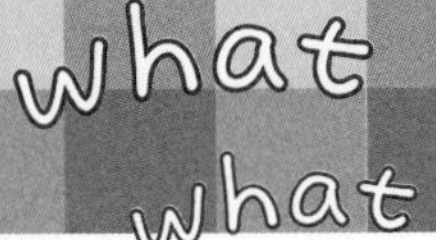

■抄襲和創作

當然，用自己誠懇的語言，表達自己誠懇的思想，作爲教育的回饋，這種創作，儘管有眼界和目的爭議，或者寫得好壞的差別，還是值得尊敬，有一定的價値的。抄襲則否定了學術的莊嚴，污蔑了教育的精神，是一件不可饒恕的罪愆。韋氏字典給「抄襲」（plagiarism）一辭的定義是：「把別人的理念或文字據爲己有」。抄襲是剽竊，是偷盜，是一種可恥的犯罪行爲。如果牽涉到利益，還會受到法律的制裁。

然而爲什麼論文寫作中，抄襲之風始終不能排除呢？問題是，抄襲太容易了，有時甚至是無心的。它跟引文（quoting）和意譯（paraphrasing）有時都很相似，常會在無意中觸犯了禁忌。當然，這是最容易釐清的一種糾纏。只要你標明出處，指明作者，就沒事了。可怕的是那些蓄意的剽竊。圖書館裡的資料已經夠多，加上網路汗牛充棟的文字，什麼題材都有，只要你稍加挑選，改頭換面，部分抄襲也好，全盤抄襲也好，一篇「論文」很快便出爐了。這些論文的「作者」，有的因爲偷懶，有的想趕時間，有的因爲一時沒有靈感，寫不出論文，有的則相信別人比他更體面，就順手牽羊、甚至得意洋洋地走上了這條不歸之路！

實際上，抄襲成功的機率並不高。尤其在研究所裡，老師對學生多少有點認識，也知道他們知識的性向。例如一個從來只喜歡談論「文革」歷史的學生，突然大大引用韋伯理性化對文化衝擊的理論，顯然出了亂子。或者在一場青衣小生的獨白裡，冒出來一段老生沉雄的插曲，肯定是拿錯了CD。人都有自己的風格，而「借來」的東西，語調和神色都不對勁，明眼人一看便知。只是老師縱然懷疑，要得到人贓俱獲的證據，卻不容易。很少教授有耐性去扮演福爾摩斯的角色。若是博論，還值得追究，如是碩論，多半都算了。

■天下文章一大抄？

我們社會上有一句俗語，「天下文章一大抄，你抄我抄他也抄」，取笑那些文抄公，像是茶餘飯後、有意無意的俏皮話。寫文章，在中國向來被視爲雕蟲小技，無足輕重，既然無利可圖，對抄襲也就不以爲意了。我不敢說這是我們對抄襲放縱的原因之一，然而今天智慧財產權的觀念早已鞏固，職場上學位的問題又至關緊要，論文沒有抄襲的嫌疑，是學位合法的必要條件。多少名重一時的學者，地位顯赫的政府官員，都因抄襲，即使在畢業十年、二十年之後，還是被一棒打下來，身敗名裂，不能翻身。年青時代爲了一時方便，沾點小便宜，毀了一生，太不值得了！

其實，正如前面所說，抄襲也要智慧，幹嘛不把它用在有用的地方？2007年臺灣玄奘大學邱某碩士生一字不改地抄了一篇陝西西北大學李利安的2003年博士論文，是一件相當可笑的案例。玄奘碩論的題目是《古代印度觀音信仰之討論》，而西大則是《觀音信仰的淵源與傳播》，書名不同，好些篇章卻一字不差，例如：

國外有學者認為，古代印度觀音信仰發展歷程中的第一階段是淨土往生型的觀音信仰形態，後世的觀音信仰都是以此為源頭和核心而發展演變的。筆者不同意這種看法，因為這與初期大乘佛教的發展軌道以及觀音的最早起源均有不符之處。

這中間，連標點符號都一樣。唯一的不同，一者繁體字，一者簡體。要不是西北大學的論文於2008年由宗教文化出版社正式出版，這樁抄襲案恐怕還得再等待一些時日才會被人揭穿。

像這樣大膽的剽竊並不多見。誰沒有尊嚴？誰沒有智慧？那是我們生命中無價的寶藏。信教的人會說，這是上帝的恩賜，別褻瀆了它。我們心中都明白，知識是別人的，尊嚴和智慧才屬於自己；拋棄自己的財產，竊取別人的牙慧，沒有比這更笨的事了！

■ 尊嚴和驕傲

沒有尊嚴的人，缺少做人的驕傲。驕傲二字，在中國人眼中常有錯誤的理解。驕傲不是自大；驕傲是有所爲、有所不爲的選擇，就是孟子「人有不爲也，而後可以有爲」的意思。利用研究所短短數年，敦品勵學，自我磨煉，在寫作的過程中，一再告訴自己：不論你的專業是什麼，尊嚴是個人的靈魂，是個人價値的再造。抄襲？那是你必須嗤之以鼻的侮辱！喜歡東抓一把、西摸一把的人，忘記了自己的尊嚴，低估了自己的身價，把自己廉價出售了。你的畢業論文，在你畢業後，信不信由你，仍然跟著你走，你越成功，它跟得越緊。抄襲並沒有節省你時間；相反地，它將浪費你一生的時間，去遮掩羞恥，在不安的心境中，等待被人檢舉。事實上，自愛自重，才是美滿人生。你自己的文字，是天底下最美的文字，容納不了別人的干擾；你自己的思想，是天底下最誠懇的思想，容納不了別人的廢話；你自己的聲音，是天底下最純淨的聲音，容納不了別人的嚷嚷。你是你自己。你改造了自己的過去，創造了自己的今天和未來。你應當知福惜福，感恩你還有這份力量！

個人的尊嚴和驕傲，可以在寫作裡得到充分的展示。而用它來杜絕抄襲，是最根本的辦法。這是發自內心的覺醒，不是對外的妥協。《論語・爲政篇》說：「導之以政，齊之以刑，民免而無恥；導之以德，齊之以禮，有恥且格」，就是這個意思。

論文的寫作，可能是你研究所裡最辛苦、也最美好的一段日子了：你有自己的天地，有自己的戲碼，你從客人變成了主人，從徒弟變成了師傅，好一個雄赳赳、氣昂昂的英雄！你即將交出你心血打造的論文，從少林寺山門之內，打出山門之外，驕傲地追逐你闖蕩江湖的夢想去了！

人工智慧時代的論文

- 再論什麼是博碩士論文？
- 學術和人性
- 「人」和「機器人」

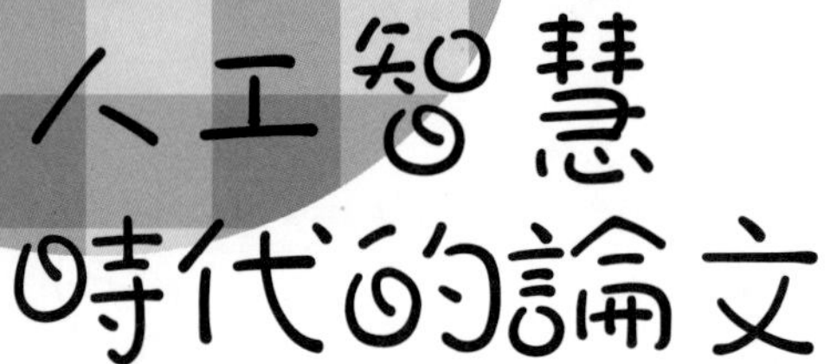

■再論什麼是博、碩士論文？

我們兜了一個大圈子，終於回到了本書第一章的老問題：什麼是博、碩士論文？十年不是很短的一段時間。十年前馬英九提名為中華民國總統候選人，充滿了希望；十年後蔡英文進入總統府，也充滿了希望。十年前，iPhone上市，瘋狂了世界；十年後，以圍棋程式取勝的阿爾法狗（AlphaGo）準備以機器人的姿態進軍職場，預言十年內取代半數以上的白領工作人員（《天下雜誌》596期，2016-4-25）。人工智慧的時代已經正式開鑼了。

世界在變，臺灣也在變，看來不變的只有論文了。然而論文眞的不變嗎？再想想看！十年前，東吳大學會接受《一個研究生寫不出論文的反思》嗎？政治大學會通過《從一位寫不出論文的研究生說起》的碩論嗎？而指導教授會在論文後面寫一篇長長的跋文，不爲他學術的成就，而是慶祝他贏得了「學術自由」終極的勝利嗎？這還不足爲怪，可怪的是臺灣大學政治研究所一篇碩論，題目是《眞實與虛構》，英文名稱是Human Condition，如此複雜而高遠的話題，只用了短短的28頁，既無篇章結構，也無順序安排。媒體報導此一消息時，無不指出這篇論文的指導教授不是別人，正是前任行政院院長江宜樺，讓人聯想。如果篇幅也是論文條件之一，東吳論文有147頁，政大有240頁，他們至少花了許多時間。台大論文一枝獨秀，如果不是標新立異，一定有叫人折服的學術成就吧？

儘管指導教授以「學術自由」爲名，讓政大考生通過了碩論的口試，但論文的作者自己卻坦然承認，研究所所謂「眞理」至上的論文，「不過是研究生不斷與各方角力，以及經由研究生自我主體在一連串抉擇、行動及妥協下的政治產物」。學術不但自由了，而且不見了：臺灣研究所的本質，和研究生自我授予的權利，十年來顯然起了變化。

學術當然還在臺灣。事實上，臺灣也有出現傅柯、維根斯坦這些第一流學者的可能。只是到目前爲止，還沒有發現。近年來學術水平低落，是環球的現象。大陸不久前曾瀰漫著一片學術腐敗的感歎聲。他們多以「學術道德貧乏」，「缺少輿論監督」，和「潮水般湧來的金錢」的理由（2009-08-05新浪博客），作爲原因。臺灣比他們好不了多少。然而我們對自己學術的散漫，研究所把關的鬆懈，人人看在眼中，卻不發一語，官方更諱莫若深。

我們政府每年投入大量的經費給學術界，受惠最大的就是研究所，其宗旨便在「推動人文與社會科學領域之基礎學術研究」科技部（前國科會），或者「追求學術研究卓越，強調人文科技均衡發展」（中研院）。至於效果如何，距離理想有多遠，地方的輿論也好，官方的監督也好，都付闕如。看來金錢買不到幸福，也買不到學術的卓越。學術的卓越，至少在人文思想的天地裡，金錢不是關鍵。我們應該重視什麼，誰都心裡有數。我們不能單靠「向錢看」的誘惑，去攀登國家文化的高峰，創造令世界驚艷的學術奇跡。

■學術和人性

不過在一冊討論論文寫作的小書裡，我們沒有過問天下大事的餘地。我只能再度強調，在時代的岔路上，研究生可以有自己的選擇，然而爲學術培養「獨立自主」的精神，爲人性建樹「頂天立地」的氣概，在人工智慧的時代中發現人性的尊嚴，是刻不容緩的要務。而本書的企圖也不過想借寫作的努力，達到對學術的尊重，強調人文素養的重要，也就是中研院所強調「人文科技均衡發展」的理想，讓個人生活更圓融，國家前途更光明，如是而已。

研究所是國家學術的公開園地，而研究生是它忠實的園丁。你們一鋤一耙的耕種看似微不足道，但你們持續的努力，一定會有豐富的回報。由於過去研究生人數太多，研究的空間受到局限，莫礪鋒教授的擔憂並非過分。然而這正是英雄出現時代的來臨。首先，你必須好學不倦。你得對某種問題、某部著作，有眞正的興趣，不管那是章碣一首看見皇帝巡守時心生嫉妒的《東都望幸》詩，還是馬克思名滿天下的《資本論》。誰都知道，章碣在唐代文學史上沒有任何地位，但作爲一個大時代中潦倒落魄的書生，他表現了太多求生的本能和憤懣，是心理學家和社會工作者極願深入調查的對象。對一個「寫不出論文」的研究生來說，這應該是比較容易入手的話題吧？至於研究《資本論》的文章還不多嗎？然而在二十一世紀的二〇年代，在世界經濟結構徹底轉型的今天，在臺灣打算投入亞洲市場的試探中，你是第一個咬定青山、舊調重彈的學者。如果有一天許多書商向你購買出版權，別以爲這是你一時的運氣而已。

當年莫礪鋒教授因爲錢穆的緣故放棄了朱熹，是學界的損失。而錢穆的學生、普林斯頓大學的余英時教授卻沒有這個顧忌。相反地，他借胡適1927年的《戴東原的哲學》爲基礎，於2005年發表了他《論戴震與章學誠》一書，把戴東原的哲學和考據學做了一個全新的交代，超越了胡適的計劃。在前後將近八十年的差距中，余英時抓住了時代的優勢，利用新興的思想史和心理學的成果，發現了儒學由「尊德性」轉爲「道問學」的內在理由，改變了我們對清代樸學僵定的看法。他與傅柯對文化的貢獻，一中一西，有並駕齊驅之妙。當美國國會圖書館於2006年爲此書頒發克魯格獎（Kluge Prize）給余英時時，盛讚他追求的不僅是「歷史的眞相」，更是「深刻的人性的眞理」，說明了學術和人性在我們生活中不可分割的關聯。

如果學術和人性是博士論文不可缺少的內容，碩論也不能背道而馳。碩論具體而微，以小見大，是學術界另一種風貌。調查長安城裡落魄的書生，一如研究羅馬市郊的貧民窟，對社會多元文化的認識有很大的幫助。誰說中唐時代的張打油不是好題目？如果你能找到足夠的資料，恭喜你！《張打油研究》肯定會轟動一時，成爲極受歡迎的熱門話題。西方人總以爲我們不懂幽默。我們有幽默，只是跟西方人不同。研究張打油，可以發現我們的風趣，了解我們的民族性，還可以替劉勰的《文心雕龍‧諧隱篇》做一篇前所未有的補注和新探，是一樁了不起的學術貢獻。不談古人，就說今天的臺灣吧，太多的題材，等待我們去開墾：朱雲漢的政治學，邱強的危機處理意識，教育當局的教育方針，鄭捷所代表的社會和家庭的危機，臺灣法律的重整，詐騙集團在海內外的猖獗，等等……無不能讓我們在學術和人性的探討上，有更上一層樓的機會。

■「人」和「機器人」

從學術的話題出發，我們終於來到了人性的領域。學術不是天外飛來的神物。學術是人類知識的先鋒，是解開人性的密碼。蒙

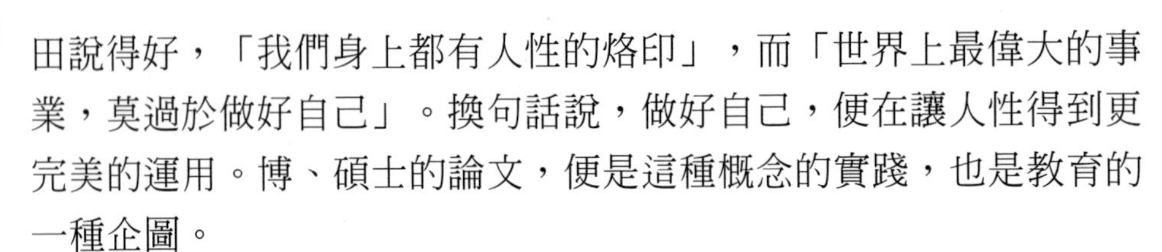

田說得好，「我們身上都有人性的烙印」，而「世界上最偉大的事業，莫過於做好自己」。換句話說，做好自己，便在讓人性得到更完美的運用。博、碩士的論文，便是這種概念的實踐，也是教育的一種企圖。

然而教育不是開辦更多的學校，而是教好每一位學生，讓每一位青年走上莊嚴、光明的大道。今天傳統的父親形象雖然淡化了，但父親的責任還是有的。養子不教誰之過？太多的學校，太多的研究所，根據台大校長楊泮池的看法，分散了資源，降低了效率。「105大限」看似災劫，讓某些學校受到市場機制的考驗而關閉，是我們的幸運。如果北大、清華每個學生平均享受到的教育資源是臺灣學生的四至五倍，我們的青年太委屈了！如果他們用這個理由去攻佔教育部，控告教育部長，我會舉起雙手讚成！

不過學術研究是向外的開拓；而人文素養則是對內的訴求。前者政府可以幫忙，後者則在個人一念之間，政府離他們越遠越好。

余英時的學問令人敬佩，但支持他的，不是金錢，不是中國或者美國的政府，而是孟子「富貴不能淫，貧賤不能移動，威武不能屈」一句砥礪志節的箴言，讓他在困難的時代中，選擇了生命中最高的理想。然而人性中最珍貴的，還是我們近乎神奇的創造力。這正是孔、孟成功的地方；是傅柯、維根斯坦成功的地方；也是錢穆、余英時成功的地方。

人性的創造，給了我們千變萬化的思維和個人的風格。你的論文不可能字字前無古人，然而你可以在自己的創意中，顯示獨立自主、頂天立地的無畏精神。寫作是人性的表現，價值的重建。不論你未來做什麼工作，在寫作中，懂得現實，又能超越現實，你告別了平凡的過去，迎來了不平凡的未來，機器人怎能與你角力？時代又怎能把你拋棄？今天的博、碩士生常爲了實際的需要而改行，不少文理科的專業學者投入餐飲、旅遊、醫療的事業；科學界的菁英則開始經商、航海、農耕的生涯，剃髮出家、從事另類創造的人，也爲數不少。然而不論身在何處，人文的素養讓他們如魚得水，無處不自在！人文是人性的鎖鑰，是走向未來的關鍵。歷史學家一再告訴我們，文化是人性智慧的累積，只有人性才能讓我們攀登文化的高峰，贏得勝利的明天：這種成就，絕非人工智慧的科技能夠辦到的。

今天在全國一致「向錢看」的風氣中，人文素養是個古怪而沒有太多意義的用語，社會對它也不聞不問。然而時代多變，一刻也不停留。如果李開復的預言成眞，阿爾法狗會在十年內取代50-70%的白領階級，首當其衝的便是他稱之爲「四師」的分析師、律師、醫師和教師。華爾街向來有十萬名金融人員，機器人已奪走了一半。只有像巴菲特、格林斯班這類金融界富有人文修養的大師，運籌帷幄，走在人們的前端，才有存在的意義。今天北京龍泉寺裡來了一位名叫賢二法師的機器和尚，能與「信徒」做滿意的交流。這位「法師」把「四師」又加了一師，變成了「五師」。學校裡的教師們，除非是個有分量的思想家，能登高望遠，運用頭腦，推陳出新，幫助人們指點迷津，否則都難免池魚之殃。再說，除了美國的阿爾法狗，今天日本的Pepper，韓國的Hubo，臺灣的Zenbo，越來越進步，越來越「人模人樣」，大大改變了我們日常的生活和生產的模式，被波及的，將不僅是白領階級而已。但你們絕非失落的一代。別擔心德國政府提出來第四次工業革命的口號。做好準備，自我挑戰，你們的時代就要到了！試問：未來的克魯格獎、諾貝爾獎，有可能頒發給機器人嗎？

未來學術界的光景雖然很難預料，然而今天的研究生，與過去相比，有一個截然的不同，「人」和「機器人」的對峙，讓你們承擔起雙重的任務：學術的尊嚴，和人性的護衛。而你們的論文，不再有逼上梁山、自哀自怨的怪現象，而是熱愛生命、熱愛人群，充滿陽光和希望的宣言，見證人性永不妥協的力量，和永恆的光輝！

Note

Note

Note

Note

國家圖書館出版品預行編目(CIP)資料

撰寫論文必讀的第一本書：一步步教你如何寫，論文輕鬆過關/周春塘著. --五版. --臺北市：五南圖書出版股份有限公司, 2024.01
面； 公分.

ISBN 978-626-366-821-8（平裝）

1.論文寫作法

811.4 112019984

1X6C

撰寫論文必讀的第一本書

一步步教你如何寫，論文輕鬆過關

作　　者— 周春塘(106.3)
發 行 人— 楊榮川
總 經 理— 楊士清
總 編 輯— 楊秀麗
副總編輯— 黃惠娟
責任編輯— 魯曉玟
封面設計— 姚孝慈
出 版 者— 五南圖書出版股份有限公司
地　　址：106台北市大安區和平東路二段339號4樓
電　　話：(02)2705-5066　　傳　　真：(02)2706-6100
網　　址：https://www.wunan.com.tw
電子郵件：wunan@wunan.com.tw
劃撥帳號：01068953
戶　　名：五南圖書出版股份有限公司

法律顧問　林勝安律師

出版日期　2007年 6 月初版一刷
　　　　　2008年12月二版一刷
　　　　　2011年 1 月三版一刷
　　　　　2016年 9 月四版一刷
　　　　　2024年 1 月五版一刷

定　　價　新臺幣280元